王膺权 著

踪印

暨南大学出版社
JINAN UNIVERSITY PRESS

中国·广州

图书在版编目 (CIP) 数据

踪印 / 王膺权著. —广州：暨南大学出版社，2018. 3
ISBN 978 - 7 - 5668 - 2327 - 4

Ⅰ. ①踪… Ⅱ. ①王… Ⅲ. ①散文集—中国—当代
Ⅳ. ① I267

中国版本图书馆 CIP 数据核字（2018）第 031242 号

踪　印
ZONGYIN
著　者：王膺权

出 版 人：徐义雄
责任编辑：黄文科
责任校对：叶佩欣
责任印制：汤慧君　周一丹

出版发行：暨南大学出版社（510630）
电　　话：总编室（8620）85221601
　　　　　营销部（8620）85225284　85228291　85228292（邮购）
传　　真：（8620）85221583（办公室）　85223774（营销部）
网　　址：http://www.jnupress.com
排　　版：广州尚文数码科技有限公司
印　　刷：广州天虹彩色印刷有限公司
开　　本：889mm × 1194mm　1/32
印　　张：5.25
字　　数：110 千
版　　次：2018 年 3 月第 1 版
印　　次：2018 年 3 月第 1 次
定　　价：36.00 元

我的人生路标

王膺长

雁 迹

（代题记）

云卷塞北雁入阵，
飞停长安鄠湖存。
春华秋实尊儒学，
双梅二度植羊城。

证 书

王膺权同志：

为了表彰您为发展我国高等教育事业做出的突出贡献，特决定从一九九三年十月起发给政府特殊津贴并颁发证书。

国务院

政府特殊津贴第(93)9360505号

一九九三年十月一日

路漫漫，寻实觅真（代序）

本次结集出版的文章多为杂谈，与长篇巨著不同，没有必要写序言。但为什么出版，似乎应该有个交代，故此絮言叨语以示之。

我一生的经历比起上一代人而言，受的苦难要少些，这是总体上的感受，但落实到个人身上的坎坷并不算少，这要从历史发展规律、个人生存环境、个性因素等方面去不断思考。古人说“识时务者为俊杰”，也就是适者生存的道理。我一向乐观，觉得作为中国人，总要对祖国有所奉献，因而做了许多应做的事，此书中收录了最主要的一些事情。我不写回忆录，不编故事，因为这些多少总会注入水分。而写点杂议可能有些许警世作用，毕竟其中有我的切身经历和理解。

我自幼酷爱文学，到高中时志向已定，走进文科领域。1949 年年初北平（北京）和平解放时我已经是高中三年级学生了，随着革命大潮我弃学参加了解放军，组织分配我到第四军医大学学习，从此进入理科领域。我一生工龄44 年，前33 年在医学院当医生、教师，后11 年在医学院从事医学学报编辑工作。

写作是我的业余爱好，从写日记开始，到写诗、填词，写各种形式的文艺小品、短剧，直至写各类文件、专业技术文章，均有涉猎。1957 年“反右”，我响应号召写文章遭批判，在“右派”的边缘上滑了一下，差点儿跌进去。一朝被蛇咬，十年怕井绳，从此绝笔。

家庭出身为“地主”，那是参加革命后自己认领的，是在不知道政策的情况下做的事。在“文化大革命”来时，由于“反右”的际遇，预感到风暴来临时自己不可幸免，于是借“破四旧”运动之机，把毕生积累的文稿和古旧图书均焚烧了。虽然“文化大革命”过程中自己未能幸免于难，但造反派少了些把柄，气得暴跳如雷。当然，这是一段特殊历史时期的际遇，无须怨与恨，适而后存，坦然处之。

1993 年春我离休了。做了33 年医学院附属医院医生，丢了医师资格；做了33 年医学院教师，丢掉了教师资格；而相关部门又不承认前33 年工龄，仅凭后11 年工龄被定为“副编审”职称，怎么不叫人有“革命一生分割两半，后11 年否定前33 年”的感慨？

纵观历史，横觑现实，个人只是历史瞬间的沧海一粟。我一生见识无不受此约束。写文要真，感悟要切，寻实觅真，这，或许对时人和后来者有丁点儿作用。

王膺权

2015 年晚秋

目录

CONTENTS

第一编 家风小议

忠厚传家　孝悌为本

八岁以前，我生长在北方农村，接触了许多没怎么读书但朴实真诚的农民，他们喜欢讲故事，讲得活灵活现，用妖魔鬼怪、神仙佛爷来吓唬小孩，实则教育后代不要做坏事，要做好人。过春节时请人写对联，上联写“忠厚传家”，下联写“孝悌为本”，横批“四季平安”。这些字眼平时他们常挂在嘴边，实质上就是在树一种家风，祈愿家庭乃至家族能正派清白地流传、生存。这也是传统儒家文化教育后人的淳朴方式。

2015 年，与涂霞娇、孙儿王一丹在井冈山林荫大道

作者像，时年27岁。1955年实行军衔制，次年摄影

杨志琴像，时年21岁。1955年实行军衔制，次年摄影

“忠厚传家”主要是忠厚二字。“忠”是做人要忠诚，要诚实守信，要老老实实做人、待人。首先要忠于家庭，要忠实承担家庭责任，进而忠于自己的族群。进入仕途者，担任公职应忠于职守，克勤克俭，做好应做的事，要忠于自己的民族、国家。“厚”则是做人要厚道，待人要宽厚，以仁厚为本，乐于助人。

对“忠”字的认识应始于个人品质，再扩大至民族、国家。中国历史上封建社会有两千多年，历代统治者都是至高无上的皇帝，利用君权神授来统治臣民。创业建国者一般被认为是圣君、明君，末朝败业者则多为昏君，当然昏君不一定就出自末代皇帝。如果认为遇上明君就忠对了，遇上昏君就忠错了，那不是唯物史观者的态度。

“精忠报国”是南宋抗金名将、民族英雄岳飞的信条，是岳母以刺字的方式刺在儿子背上的，我很敬重这个故事中的人物。“文化大革命”期间，有人批判岳飞讨伐过农民起义军，从而全盘否定了岳飞的人格，认为岳飞的“忠”是愚忠。但岳飞的“忠”是反对外族入侵，这有错吗？岳飞的“忠”正是岳母“忠厚传家”发展至“精忠报国”的理念，这是当时社会的主流思想。否定他的爱国、报国行为，将使得我们对历朝历代的爱国者都难以置评。真要这样，那两千年封建社会关于“忠”的历史不是都应该重新审查、甄别改写吗？而这样必然会背离唯物史观。

“忠厚传家”是要塑造人格品质，而“孝悌为本”是要塑造家庭定力。如果家庭内部子女都孝顺父母，那只能说家庭安定了一半。如果做到了“悌”字，即长幼有序，弟弟遵循哥哥，妹妹遵循姐姐，互有爱心，互相谦让，那么家庭的另一半也就安定了。只有做到了“孝悌为本”，父母百年之后，兄弟阋墙的闹剧才会杜绝，这样的家庭才可能正常延续发展。

“忠厚传家、孝悌为本”，这是多么质朴的家风。“忠厚”是理念，“孝悌”属行为，这是湮没在民间和时间年轮中的一块璞玉。而这种闪耀着中华文明之光的被湮没的璞玉还有多少尚待挖掘？

家风质量与木桶结构

记得有人曾给我讲过一个生动的比喻，一个家庭犹如一个传统的木制水桶，父母好比两道桶箍，子女如同四周的木板，长子就是桶梁，一起组合成一个完整的水桶。桶箍去了一个，家庭的凝聚力就差了；两个桶箍都没了，家庭就可能散了。如果桶梁尚能发挥作用，四周木板还有可能聚拢，这个家庭还能延续下去。

这个比喻很生动形象，但家庭延续生存的内因还在于家风的质量。一个家庭的聚与散，其向好还是向坏的方向发展，都始于家风的优劣。不管你承不承认，父母的行为就是孩子们的榜样，就是不言而喻的家风。

家风是客观存在的，问题是应该提倡什么，反对什么。说起来，有相当长的一段时间不见提倡家风了。终于在2014年春节，中央电视台提出了家风问题，有种久违的感觉，但其实并不陌生，老年人都懂得。中华几千年优秀传统文化的影响，使得“家风”的概念镌刻在人们的记忆中，在老百姓的血脉里流淌着，在人们的口传心授中被默默铭记着。

家庭是社会的基础，只有大多数家庭的家风匡正了，社会

寻访女儿农村诞生地。“文革”时笔者被下放到江西省泰和县农村，准备做农民，当时女儿诞生

的基础才能夯实，国家才可以更集中精力搞建设。虽然悟出家风的重要性晚了些，但仍值得欣慰。家风多提倡儒学治家的精华内容，如孝悌忠信、礼义廉耻、仁义礼智信等。这也说明，中华传统文明中的儒学精华已成为治家的有力武器，这是意识形态的飞跃，是固本之举。

当前社会，尽管有人说人心不古、世风日下，但见义勇为者还是不断涌现，政府层面的表彰、奖励，对树立良好的社会风气无疑是有益的。“义”字的内涵很广，融入了中华文化从古至今各个领域的艺术作品，以各种艺术形式传播着。可以说这无时无刻不在影响着人们的意识，指导着社会各个群体的行为。可是在当代价值观的主要内容中，很多时候并无“义”字现身。

近几年来，政府花了很大力气表彰“道德模范”，涉及各行各业。模范人物身上体现出来的美德是多种多样的，如孝敬老人、助人为乐、帮助弱者等。其中，很多模范人物是以孝道行为赢得社会尊敬的，可是在当代主流价值观中，“孝”字依然不够显眼，不知原因何在。

价值观的制定是不是应该与社会群体行为接轨呢？我认为，应该更体现草根性，更接地气一些，不是吗？

中国特色社会主义的提出已有30多年的历史了，“社会主义”这一概念是外国引进的，“中国特色”的内涵是什么？似乎有多种说法。2014年3月，国家提出了社会主义核心价值观，可以认为是有“中国特色”的，是社会主义的上层建筑，属“国风”的范畴。24个字涵盖了中华民族仁人志士实践中的认知，无疑是近现代中华文明中的精髓。中国特色的社会主义核心价值观在宣传过程中应加强与传统文化精华的融合，这也应该是当前值得研究的重要课题。

榜样

山区长大的孩子，从小跟着父母上山砍柴，或跟着爷爷去放羊、放牛，浸染在大人的勤劳品格中，这就是榜样的传承。海边长大的孩子，从小跟着大人，在退潮的时候到海边捡海螺、牡蛎，同样是生活中的榜样传承。

榜样的力量是无穷的，生活中的磨砺就是无言的家风。对孩子来说，家庭中任何大人的言行都在潜移默化地影响着他们。孩子涉世未深，并无多少识别对与错的能力，只有全盘吸收。所谓家庭影响就是这种潜移默化的传承，作为父母和长辈，想过这是一种家风的传承吗？自己的言行哪些是正确的，哪些又是错误的，有反思过吗？

有些技艺的传承专业性很强，简单一点的如木匠、铁匠、篾匠等，传承的是祖辈世代的生存手段，子承父业也是一种家风的传承。高级复杂一点的技艺，如陶瓷、泥陶、木雕、砖雕、石雕等，从业者多形成世家，代代相传，与职业相伴相生的“行风”，落实到家家户户就是家风。更高层次的，比如绘画世家、戏曲世家、杂技世家、中医世家等，这些更是有着严格的家风传承。在过去的年代里，多数从业者并没有高层次的

欢乐春节，亲情温馨，其乐融融

学历和文化，但多数有着良好的家风，因为行业和生活的经历告诉大家，学艺先学做人。学会吃苦，砥砺前行，才能成就一番事业。由此，在这种传统技术、手艺的传承中必然形成好的家风。凡成为大师者，其行规家风必定是相当严厉的。

家长是孩子最好的榜样，要想家风好，自己的行为必须正。家风并不是书香门第的专利，只要有心，榜样的力量就是无穷的。所以，家长必须自律，以身作则，凡影响孩子的不当言行应及时反思，及时调整。

另类榜样

有些人爱占小便宜，老百姓形容为“爱小”。“爱小”的家长，对孩子从外面捡回来的东西不问、不追究。家长对这种行为的默许助长了孩子的胆量，于是孩子慢慢学着拿别人的东西，养成了小偷小摸的恶习，最终害人害己。恐怕这是不少小偷在初始阶段的经历吧。

曾有一对高学历、高职称的夫妇，生活非常浪漫，夫妻恩爱从来就不回避小孩，孩子从小就浸染在这样的环境中。等到孩子长大了，上高中时竟然拿着刀子意图强奸少女，结果被抓住判了劳动教养。这是发生在自己身边的真事，令人唏嘘。

20世纪80年代末，某高校选拔硕士研究生出国，竞争很激烈，一个落选的研究生闯进学校会议室，射杀导师和相关人员。其杀人动机就是报复。这种狭隘心胸和不计后果的报复心态，事后分析，正来源于其成长过程中受到的家庭影响。

前几年，有一桩骇人听闻的大案，四川省刘汉、刘维兄弟成立黑社会性质组织，无法无天，后被判处死刑。刘氏兄弟巧取豪夺，杀害竞争对手，独霸市场，同时还经营赌博游戏机、放高利贷等业务。甚至通过行贿骗取政治资本，寻找“保护伞”，坐拥黑白两道，颐指气使。据报道追根究源，刘氏兄弟之所以嚣张霸道，与其成长过程中的经历际遇不无关系。

时下，某些网络“大V”的讹诈行为时有曝光，还有网络金融诈骗活动中，犯罪分子运用高科技手段套取他人银行账号、密码，非法攫取大量财富案件时有发生，且呈现团伙化、国际化特点，其中不少犯罪嫌疑人具有高学历、高智商。

从这些反面事例可见，受教育水平与人的素质之间并不完全呈正相关，事实上，犯罪者文化水平越高，其罪恶可能越大，危害越深。

人性与育人

前面谈到了榜样与另类榜样，两类不同的家风，造就了两类完全不同路向的人群。这涉及人性的塑造。

小孩出生后就像一张白纸，家长在孩子身上描绘作画，奠定了他的素质基础，最终很大程度上决定了他的品质走向。我国古代《三字经》中说：“养不教，父之过；教不严，师之惰。”我的体会是，孩子做人处世靠的是父母的言传身教，学业成绩好坏则部分与老师有关。孩子没有成为一个正直、自食其力的人，父母难辞其咎。

曾有过一个阶段，社会上并不倡导传统文化的教育作用，不提倡传统道德的引领，致使社会道德意识贫弱，很多人缺乏道德感、责任感，乱象丛生。比如，农村青壮年劳动力外出打工，留守儿童缺乏父母监管与引领，青少年成长堪忧；又如，离婚率上升，催生了大量单亲家庭，致使儿童缺失关爱与教育。这些客观问题的存在，尽管政府层面力图解决，但冰冻三尺非一日之寒，又岂是能够一蹴而就的呢？直到2014年春节提出“家风”建设问题，其后又有社会主义核心价值观的倡导，社会各界对于家庭教育才逐渐重视起来，但落实到实际层面，要收到具体效果，尚待大力提倡、发掘与组织。

对于留守儿童问题，父母外出务工，把孩子交给爷爷奶奶，这种监管是不够的，还应有一定的群众组织参与。家长不能把教育孩子的责任全部推给学校，认为孩子不学好是老师和学校的责任，而要多扪心自问，客观反思。特别是有些孩子沉迷于网络游

隔代人——给孙儿、外孙关怀与爱护，辅其成长

戏，喜欢泡网吧，家长可能要负首要责任，反省自己是不是陪伴孩子的时间太少，而看电视、玩手机的时间太多呢？

责任

树立好的家风，教育引导子女是父母的责任，这个道理估计大家都认同吧。

现在有一个很普遍的家庭现象，全家男女老少饭后人手一部手机，上网聊天或者玩游戏，结果孩子也迷上玩手机、平板电脑，全家人的交流时间完全被挤掉了，仿佛家庭的灵魂都被手机勾走了。

都说父母是孩子的榜样，绝对是真理！那么该怎样做呢？其实很多做父母的也在反思，但有时不免过了头，把握不好一个度。

幼儿阶段的孩子，什么都学大人的，听大人的。孩子说某小朋友打了他，家长马上就找到对方质问，或直接对孩子说“你也去打他”，这样可取吗？应当要孩子避开他，然后再告诉老师。“以牙还牙”对孩子个性的形成非常不利。父母要教导孩子听老师的话，吸收学校和老师教给的精华。在平时的家庭教育中，要让孩子在张扬个性中快乐玩耍和认识世界，不要过多地约束其行为，更不要强行增加学习内容和课外作业。

父母应做孩子的良师益友，循循善诱，不可采用高压、过严的管教方式。从小学开始就应注意孩子的人生态度和品质的养成，遵守校规和完成课业是一定要做到的，但不要过分追求考试分数。周末和节假日适当安排课外学习就可以了，一定要给孩子跟小伙伴们玩耍的时间，但注意不要沉溺于手机和电脑游戏。

从小学三年级起（9岁左右），可以考虑培养孩子的奋斗意识和抗压能力，这种培养仅仅挂在嘴边是不起作用的，而要在孩子遇到具体困难和问题时，积极帮助他分析和应对，促使其性格发展，增强韧性和变得宽厚。

大概进入初中二年级时，父母要注意孩子进入青春期（各人有差异）的变化。比如，生理上的第二性征出现，心理上喜欢异性，容易被外界事物所吸引，注意力多不集中，学习成绩有所下滑，甚至个别孩子会出现逃学行为。此时期父母应敏感些，要开诚布公地跟孩子谈一谈青春期的变化，注意正确引导。青春期的转型很重要，可以说是孩子的人生岔道口。

父母要观察、引领孩子的成长，给予关怀和温暖。要避免过分的打骂和责罚，但态度可以严肃些。某阶段学习成绩下滑了，一定要弄清其原因，家长多花时间和精力与老师交流，访一访孩子周围亲近接触的同学，有时候可以去实地观察，比如放学了，孩子总是没有及时回家，而是躲在外面网吧玩，这就说明孩子的心思根本不在课堂上。总之，孩子的学习注意力被什么分散了，家长必须花时间和精力调查清楚，才能有的放矢地教育孩子并帮助其改正。家长准确掌握孩子的动向，才能有效纠正孩子的学习态度，驳正其成长的航向。

中国有句古话叫“三岁看大，七岁看老”，儿童时期往往就呈现出一个人的个性，所以孩子的交友也很重要，家长要有意识、有技巧地加以干预和引导。特别是现在，孩子基本上都是独生子女，父母要注意消除独生子女的孤独感，避免诱发抑郁症或自闭症。如何择友、交友是孩提时期就必须认真对待的，健康、正确的择友观，对人的一生大有裨益。

结婚照，1959 年

婚后 24 年

婚后 35 年

婚后45年

婚后50年

2005年，重访兰州陆军总院，摄于“黄河母亲”石雕前

“啃老”与养老

中央电视台《法制在线》等电视栏目经常播出有关老人赡养问题的节目。在农村不少多子女家庭里，赡养老人的问题常被子女们互相推诿，在城市里，同样有不孝子女不对父母尽赡养义务的现象，不孝行为可谓形形色色，对簿公堂者也时常有之。

“养儿防老”是中华民族的一个传统观念，子女孝顺、赡养老人被视为传统的美德。为什么大多数家庭都表现得很好，而少数家庭仍然存在赡养的纠纷呢？从根本上来看，应该是家风的传承存在缺陷，言传身教的培养和教育缺失。情况很复杂，这里暂不对这方面进行讨论。

不妨来谈谈当前的“啃老族”。称之为“族”，说明涉及面足够宽广了，这与社会风气有很大关系。“啃老族”的形成有两大原因，一为政策原因，现在社会上多为独生子女家庭，有“啃老”的社会和家庭基础；二为经济原因，改革开放的红利使大家的钱袋子鼓起来了。独生子女多娇生惯养，加之家长望子成龙的心态，为培养子女舍得花钱，某种程度上造成了子女对父母的依赖性，“啃老”渐渐就成了社会普遍现象。

独生子女家庭里，孩子从小就被视为家里的小王子、小公主，要什么给什么。无原则的溺爱容易使孩子私欲膨胀，日积月累，自我意识和私欲就成为孩子考虑一切问题的出发点和归宿。这样，孩子成长过程中形成的价值观，就是对家庭和社会只知索取，不知奉献，这必然给家庭和社会带来危害，甚至影响社会的和谐与安定。

娇生惯养的孩子，长大后进入社会，面对社会上不良习气的污染，往往缺乏免疫力和自控力，遇到挫折也容易迷失自我，引发一系列社会问题。譬如常见的有：因学习成绩上不去而产生压力甚至自寻短见；经不起引诱吸毒；沉迷于网络游戏；交友不慎而堕落……不一而足。其中有相当一部分也是“啃老族”，使得父母受拖累，不堪重负，不能安度晚年，更有甚者还受到儿女虐待。

“啃老”始于家长对儿女的溺爱，缺乏对孩子漫长成长过程中性格塑造的关注，缺乏对孩子性格中应有的刚性、韧性和弹性的培养。

人性中应有“刚性”，如培养成“刚正不阿”的品行就是成功的，“刚愎自用”就不好了。

人性中应有“韧性”，对任何打击都有抚平的能力。而如果只有韧性，像面团一样的性格就没有出息了。刚柔并济方能适应社会，成为有用之人。

人性中还应有“弹性”，塑造孩子的弹性，父母是要花大力气的。古语说“大丈夫能屈能伸”“宰相肚里能撑船”，指的就是弹性。“汉初三杰”中的韩信，年少时曾受胯下之辱，功成时不予报复，成为千古美谈。

人的个性中有了刚性、韧性和弹性，就可能成就一番事业，成为对社会有用的人。“天将降大任于斯人也，必先苦其心志，劳其筋骨”，这就是对人性塑造最好的引导，对“溺爱”子女的父母最好的警示。泡在蜜罐里长大的孩子，未来是不可能担当“大任”的。

家风 族风 国风

2014 年春节期间，央视记者在节目中现场采访了许多观众，让大家回答“家风”是什么？大家的回答各有各的考虑，莫衷一是。这也从某种层面上反映出，当前社会风气中的某些不良倾向，与舆论引导缺失不无关系。家庭是社会机体的细胞，不重视细胞的营养，社会焉能健康？家风是夯实社会基础的大事，舆论提出了家风的架构，但具体用什么去填充呢？我认为应该是老百姓喜闻乐见的传统文化精髓。记得小时候，我经常听到“忠厚传家”“孝悌为本”“仁义礼智信”这些说法，其实这就是老百姓在谈家风建设啊，不是吗？在很长一段时间内，这些儒家格言很少听到了。时隔多年，如今中央电视台重提家风的问题，顿使耄耋老人感慨万千！不由赞叹传统文化生命力的顽强，经过数代人的时间，它又“破石而出”了，可喜可贺！

我是个彻底的唯物主义者，不迷信，不信神鬼，因此过滤封建糟粕的能力强，能在一定程度上认知儒家文化精髓。早些年，很高兴看到当局与时俱进，吸收了儒家文化的精华，提出“和谐、团结、和平崛起”等理念，引领国人并昭告世界，我感悟到这就是“国风”。

我们家的家谱因历史原因被毁掉了，这些年一直有重修家谱的意愿。几年前，我回乡与乡亲们座谈，乡亲们的向心

井冈山寻访“挖井人”

力、凝聚力很强，凭借众多家庭口耳相传的片言只语，慢慢地，家谱、族谱的基本轮廓呈现在了族人面前。其后经过深入的实地访问、调查、确认，最终重修了一部完整的家谱、族谱，以回馈族人。在由我起草的《拾荒族谱重修记》中，开头一段文字是这样写的："家庭是社会的基础，家族是社会的柱石，基础打扎实了，柱石立正了，社会才能安定团结，国家才可能长治久安。"由我提出的"族训"十六个字，经族人讨论并最终定稿，即"奉公守法，孝敬父母，爱国奉献，团结和谐"。这十六个字隐含了"忠、孝、节、义"等儒家文化精髓。可以说，我是把"族训"视为"族风"而确立的。

不要把"族风"视为封建糟粕，孔子家族发展到了七十几代，不是一直靠"族风"传承吗？多少名门望族不也是靠"族风"传承的吗？许多革命家庭、家族又是靠什么传承的？恐怕也有"族风"的影响吧。这些想一想头脑就会清楚了。

党的"十八大"决议中"扎实推进社会主义文化强国建设"的理念，其中四点具体要求不就是要建设社会主义市场经济的相应上层建筑吗？这是为了让全国人民在追逐中国梦时有个主心骨。任务已经提出，要实现尚需具体引导，应以发扬传统文化为基础，吸收世界先进文化，兼容并蓄，勉力前行。

家风、族风、国风，应该是一个整体。

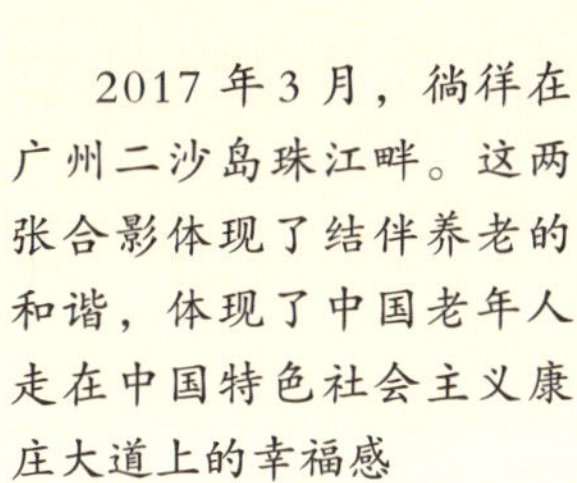

2017 年 3 月，徜徉在广州二沙岛珠江畔。这两张合影体现了结伴养老的和谐，体现了中国老年人走在中国特色社会主义康庄大道上的幸福感

第二编

洞幽烛微

笔者晚年寻访毛主席当年足迹，在“毛泽东在三湾”塑像前留影

假——保护隐私的盾牌？

人都会有些隐私，隐私属于个人权利，不得侵犯。这是人权的一部分。在西方社会，有关保护隐私的法律很多，涉及范围甚广。然而，在我们的现实生活中，用“假”来保护自己的私利，几乎是普遍存在的现象。

最常见的是托词，托词不是真的，而是假的，按理说不会触犯他人利益。譬如，赴朋友酒宴，却对家人说是去看望老师；不愿赴会，托词说工作特别忙。其实，对方或已猜出是托词，但一般不会点破。这种假话，大多不会被认为不诚实。这是社会能容忍的，也是常使用的保护隐私的盾牌。

但是，“假”字泛滥，发展到一定程度，就带来了更为严重的后果。比如，有些人谎话连篇，对任何人、任何事情都信口开河，不负责任，时间一久大家都看清楚了，此类人是没有诚信可言的。如果发展下去，信谣、传谣，以至制造谣言，损害公众利益，那这类人就可能会被别人利用，甚至跌入犯罪的深渊。他们保护的不是隐私，而是不可告人的私欲。

有人以保护个人隐私为幌子，伪装自己，制造假象，进行贪污、盗窃公众财物的勾当。这样的案例很多。他们手段卑劣，但本质上就是用“假”字保护私欲。

保护隐私有时确实要用“假”字。但如何界定隐私？如何使用“假”字？不也值得讨论吗？如何在舆论范围内、道德层面上达成共识，提高全民对“假”字文化的认知，使“假”的现象得到正确引导，这对提高全民素质、建设文明社会至关重要。

中庸之道

儒家是中国学术思想中崇奉孔孟学说的学派，提倡“忠恕”和不偏不倚、折中调和的中庸之道。中庸之道是儒学的核心价值观，自汉武帝“罢黜百家，独尊儒术”以来，逐渐成为中国古代封建社会的思想主流，为历朝历代封建王朝所利用和演绎。儒家学说统治中国学术思想两千余年，是封建统治阶级的最高教条，成为禁锢人们思想的枷锁，严重地阻碍了社会的发展。然而，儒家学说又是中国传统文化的主体，在漫长的历史长河中为维护民族统一、稳定社会秩序起到了一定的积极作用，对中华民族文化的保存和发展有着特定的贡献。

正因为儒家学说在历史长河中有重大贡献，体现了中华民族的高度凝聚力，所以尽管经历了兴衰更替，但各民族始终团结在一起，维护着祖国统一，并不断发展前进。今天把儒家的精粹融入治国理念，是一种尊重历史、发展历史、开拓前进、实事求是的历史趋势。

中庸之道在老百姓看来是一种生存哲学，所谓趋利避祸、明哲保身、能忍自安、知足常乐等，就是要求自己的生活和和睦睦的。但是，这种理念如果发展得太过极端，就成了“各人自扫门前雪，休管他人瓦上霜”，“事不关己，高高挂起”。

当然，普通老百姓为了生存，选择中庸无可厚非，但把这种作风带入官场则极其有害，必然导致惰政和庸官的出现，与“为人民服务”的理念背道而驰，从根本上违背“执政为民”的理念。

安定团结，顾全大局，维护社会稳定是头等大事。以和为贵的理念固然要坚持，但干部作风必须坚持实事求是，不能演化为一推了事的“推手”作风，否则为人民服务、执政为民必将成为空谈。

扬功隐错

在老百姓茶余饭后的街谈巷议中，对于历史人物关羽，常听人讲他“过五关、斩六将”的英雄壮举，却很少听到讲他“走麦城”的失败。究其原因，很重要的一点就是面子问题。对于英雄人物，或者对于自己，中国人多倾向于维护尊严，张扬功绩，隐藏错误。简言之，就是扬功隐错，或者说白了就是不认错。这是一种普遍的社会现象。

人的社会地位越高，越不肯承认错误。在官场中更是如此，因为承认错误就意味着有失去乌纱帽的危险，功利两空，于是就形成了官官相护的现象。

反观现实，除了天灾不说，每年在人祸中扬功隐错的就不少，如瞒报矿难，瞒报疫情，瞒报食品中毒事件，瞒报工业污染造成的人身伤害等，很少有地方政府主动承认的。因为不认错所以瞒报，其目的就是保护利益相关者以及主要责任者的功利。

至于贪污腐化之辈，全国每年落马的各级干部不计其数，没听说哪一个是自己承认的。检举揭发—调查—双规—定案或判刑，已成为一条铁定规律。

国内如此，国外亦如是。美国前总统尼克松，制造了水门窃听事件，直到真相暴露无遗，不得已才引咎辞职；前总统克林顿，被爆出绯闻事件，在真凭实据面前才不得不承认确有其事，接受弹劾；美国纳斯达克前总裁被爆诈骗投资者500亿美元，如果不是金融危机爆发，他很可能还会继续骗下去。

纵观古今中外，此类事件无一例外，都是当事人开始否认，继而推诿，最后不得已才认罪。这都是扬功隐错的人性所致。

护犊子

古人在生产生活中，视牛为重要生产力，倍加爱护，一般称一岁以内的小牛为犊。母牛用舌舔舐小牛，保护其成长，故有“舐犊情深”之说，俗称“护犊子”。

护犊子是动物的普遍习性，不仅限于牛。护犊子一说引入人性范畴，其发展却并不相同。如果父母呵护子女成长，护其长、去其短，则子女能健康成长，有可能成为栋梁之材；但如果家长袒护子女，不分青红皂白什么都护着，小孩成长必受其害，甚至可能成为社会拖累。

护犊子一词用于社会范畴，常见于职场。如上级爱才，对下级关爱，对其不足加以包涵，对其错误批评教育，这种护犊子清楚明白，未尝不可。但如果不分立场，不论性质严重与否，上级对其错误只是一味包庇，则必将酿成恶果。

在官场，如果上级有护犊子的习性，“犊子”品行不端，对上级投其所好，曲意逢迎，必将形成互相袒护的不良习气，甚至发展为利益集团。性质严重者，往往置国家利益、群众利益于不顾，做有损民众自己却获利的事，甚至酿成群体事件，使执政为民成了一句空话。

护犊子是百姓用语，含有深厚的生活哲理，但官场切不能误用。

医患关系演化之我见

笔者是内科医生，医疗系本科毕业，受过科班训练，毕生朝全科医生和专业医生双向发展，参加过农村巡回医疗队和县医院工作；同时笔者曾多次住院，经历过多次手术，近期住过某医院心内科的病房。以上背景，说明本人对医患关系有双向的切身体验，对医患关系的演化也有深切的认知。

本文旨在探讨时下的热点问题——医患关系。文中的“昔日”指的是二十世纪五六十年代；“现今”指21世纪的当下。

昔日，医院管理严格，秩序井然。医疗环境安静，医护人员专心致志从医，患者的医疗和生活医院基本上全责管理。比如，医院上午不允许家属探视，下午为家属探视时间，夜间家属不陪床。极个别危重患者经批准可夜间陪床，医院不提供过夜设备。医院设护理员编制，主要协助住院患者生活起居，服务于行动不便或生活不能自理的患者，如喂水、喂饭、大小便处理、洗脸、擦澡，协助患者到医院商店购物，保证病房热水供应，确认饭菜送到病房门口，特殊饮食送到病床。危重患者派特护守护病床和治疗。强化夜班护士巡视力度，在日间病房则安排一名巡视护士，巡视病床，给病人释疑解惑，帮助解决各种实际问题。医院强化住院医师制，白天各住院医师专守职责，夜间各住院医师需向值夜班住院医师做交接。总住院医师必须住在院内，夜间危重患者抢救要随叫随到。夜间值班住院医师除接诊新入院患者和书写病历外，必须抽时间巡视病房。总之，昔日的医院虽说达不到宾至如归，但医患双方有融合一家的氛围，家属一般都比较放心，有医患矛盾能及时化解，不见伤医事件。

反观现今，医院完全是开放式的市场化管理，医院只负责医疗；患者料理全由患者自己和家属奔忙，或请护工服务。家属可以陪床，医院有偿提供简易卧具。医院人声嘈杂如菜市场，特别是在上下班、患者检查时间、用餐时间，电梯超负荷运行，人群拥挤，不得不聘请保安用铁栏杆隔开，分段放行。医院保安比主要马路交通路口的执勤人员还多。患者急，急在想尽早确立诊断；陪客急，急在独生子女照顾老人难，请假难，时间宝贵。患者与家属均存在“急躁情绪”。医生坐在办公室，每人一台电脑，传输阅读各种检验数据，下达医嘱；护士站除治疗护士外，同样每人一台电脑，处理医疗文件（医嘱等）。因而医护人员接触病人机会少，更谈不上给患者答疑解惑。医护人员坐在电脑旁如牛拴在木桩上。ICU病房走廊上，家属焦躁不安，宛如等待探监。探视犯人有时限，终得相见；ICU 病房家属还不如探监，与患者不得相见，这实际上不够人性化。如能增加视频设备，使家属即时看到抢救治疗情况，患者清醒后就能及时进行简单的视频通话。

对比昔日，现今患者和家属感觉不到温暖，医患之间缺乏融洽的沟通。昔日的医患一家亲演化为冷躁与对立，导致医患矛盾不断激化，甚至演变为恶性的伤医事件。

昔日，医院到处看到“发扬救死扶伤的革命人道主义精神”的标语。现今呢？是不是医疗行政部门和医院管理冷漠化了？

获“南昌大学健康老人”荣誉称号，时年87岁

笔者很感谢病危期间医护人员的关怀和护理员的生活扶持，不然就不会有现在；怀念自己做住院医师期间医护人员与患者一家亲的氛围，也深切惋惜护理员制度退出历史舞台的无奈。

由此，笔者建议，建立以“人性化”为中心的观念，逐项改革非人性化的规章制度，考核标准是患者满意，家属放心。应彻底改革护工制度，把寄生关系改为企业化管理，医院设立护工队伍，招收社区劳动力，男女兼收，培训上岗。护工队伍归入病区由护理部管理，业务范围为患者生活辅助和院内检查转运工作，即原护理员工作。工资由住院患者收费支出，住院患者均交纳护理费，危重患者加收费用。实行基本工资加提成或奖金制度，不准向患者索要小费。企业化管理护工，卫生行政部门须出台规章制度，保证护工的合法权益，以利于队伍稳定。最终目的是最大化减少陪客，净化医院环境。

另外，站在一个医生的角度，笔者认为，现代医院科室分得很细，科室内医师又分专业。医术越来越专，优势是对专科疾病诊疗有利；劣势是医师思路狭窄，不擅非本科疾病，易贻误病情。这不是没有道理的，人体构造是有机整体，如消化、呼吸、神经、循环、内分泌、免疫、运动、生殖各个系统，加之血管、神经等又贯通全身。很多疾病是跨系统发生和发展，交织在一起的。医师专业分得越细，越容易出现误诊、误导。

前段时间笔者住心内科十多天，同病房遇到两位病友。

其一，60 多岁，男性，退休职工，外地来省会城市求医，他已经是第三次住进心内科，患者心前区疼痛，自认为“心绞痛”。心内科医师认识他，用各种先进设备进行了检查，结果正常，答复为抑郁症。笔者与之交谈，仔细询问了其“主诉”及发病情况。发现患者最早发病伴有高位肩胛区疼痛，像是肋间神经痛向前延伸致使心前区痛，此后有间歇多次发病，显然不是抑郁症。笔者建议他以后求诊神经内科。

其二，40 余岁，男性，公务员。以胸前有异常跳动求医，经全面检查显示心脏正常。患者苦闷不解。笔者与之交谈，知其平时注重身体锻炼，每天长跑三千米，最近跑后有胸部不适。笔者告诉他中年以后身体各项功能减退，目前出现胸部不适属运动超量，功能失调所致，今后运动应适当减量，以身体舒适为好。例如美国女排名将海曼，心脏主动脉瘤破裂猝死球场，就是超量运动的后果。

以上两例均属误选科室求诊的误诊，因心内科医师不是全科医师，难以正确指导患者后续诊疗。结论就是现行医院制度难以培养出全科医师。除非医师个人自愿，励精图治，集思广益，不断学习。

小议学术反腐之对策

当前，学术界的腐败与反腐渐成热点问题，尤其是学术论文造假，更是重灾区。从学术论文腐败现象与反腐实践中，笔者悟出应建立反腐框架，要点为抓住核心，统一管控机构，建立相应的制度、法规。

所谓抓住核心，就是重视各级各类学术期刊编辑部。目前，期刊编辑部的编辑除少数知名者外，大都是“做嫁衣型”或“牛马型”的。在编辑界有一句充满辛酸的戏言，即

访江西省奉新县明末科学家宋应星纪念馆

“为他人做嫁衣，唯独自身没嫁衣”，点明了编辑辛苦如牛马，不为社会所重视，职业空间有限，待遇偏低，平时如坐冷宫，但出了事要承担重责的境况。这一现状与国外同行相距甚远，必须予以重视并做出改变。

首先，应提高编辑的社会地位，营造社会上尤其是学术界尊重编辑工作的环境。其次，要多方面着手提高编辑的素质，如文字修养，标准化、规范化水平等。不少编辑都是半路出家，应重视培训工作，提高其专业水平。允许编辑申报科研课题，给予经费支持，成果应纳入科技成果评定。再次，应给予更多专业人员职称评定的机会，尤其是要指标平等，改善编辑的工资待遇及生活条件。这一切的最终目的是加强编辑的社会责任感，使之成为精神产品的守护神。

具体到编辑业务审查与监督上，可以从以下几个方面着手：

一是版前控制——识别真假。加强专家审稿，建立健全审稿机制，应选择优秀专家加入其中；坚持双盲法审稿，坚持两个专家以上审稿；编辑审改稿件应着重挤掉多余水分，并从规范、标准以及逻辑等方面修正稿件，不合格者坚决否定；编辑部最终定稿坚持会议评审，坚持一票否决制。

二是版后查堵——判定真假。查堵应“背靠背”进行，组织一支查堵队伍，成员应为同行编辑部退休人员中的佼佼者，为人正直，业务能力强，每年递补与退出；任务为审读已出版的期刊，写出详细报告，送相应部门或组织；应解决审读经费问题，给予相应报酬。对审读中的一般问题，通过组织渠道转回编辑部整改；对其中造假者应组织鉴定，核实无误后，由纪检和监察部门介入处理。

三是防止市场经济和关系网冲击。市场经济冲击是客观存在的，比如收取版面费，它解决了编辑部经费不足的问题，但有的纯粹为追求利润，已堕落到单纯靠出卖版面进行商业化经营，成果就谈不上学术价值。对此普遍问题如何解决，值得思考。关系网冲击是从主编到编辑都面临的人情问题，如何规避处理？建议废除单位领导挂职主编的制度。单位领导是某行业的专家，但不一定是编辑专家，挂职主编必然干扰专职副主编的工作。因此，编委会主编与编辑部主任应为同一人，以加强其责任意识。如果领导一定要挂主编，就应遵守编辑规章，参加会议定稿，有一票否决权，但绝无特权。其实，很多时候领导兼任主编就是官场特权，是另一种形式的腐败。

四是纪检和监察部门的介入。要像关注经济部门一样，经常关注编辑部门。平时要进行职业道德教育，要使每一个成员都清楚纪检和监察介入的必要性，每一期出版物的最终定稿会纪检和监察人员要参加，无投票权，主要是聆听，保证一票否决制的切实执行。

再来看统一管控机构。期刊编辑部分别属于各行各业，行政上涉及国家所有部委，对科技期刊而言主要涉及科技部、教育部、新闻出版总署，当然，还有相关各部委。在上层建筑上，应有一个管控委员会进行统管，不能任其变成一盘散沙。

要颁布科技成果和论文奖惩条例。目前，国家定期奖励科技成果，可见已有相关条例。问题是未见有科技造假的惩处条例，应将此补充进去，使科技成果造假行为均可依条例处理。

要建立或完善相关法律法规。对科技造假的惩处，应研究出台科技反腐法，或在刑法中补充科技反腐条款。此应属人大权限范围之事，但行政部门要提出立法申请。

在坚持编辑操守问题上，应由群众学会从行业管理角度提出，实质上为建立行业道德规范。总体上应有基本守则，另由于行业类别众多，各行各业还应建立具有自己特色的守则。

对于期刊的经济来源，应严格管理版面费。账目清楚，与论文严密挂钩，论文审查合格后收取适当版面费，这样便于防止权钱交易，查堵贪腐。此外，编辑部上级领导单位应给予足够的经费支持，其支持经费应参照行业审定。政府职能部门要监督拨款，对经济支持不足者可责令整改或停刊。

当然，上述架构设想是一个系统工程，应做到循环运行，上下反馈，参与行业评审，奖惩并行，纪检监察介入，直至法律干预。这一切可先采取试点方式进行，制定相关细则，便于操作执行。

禁烟史 话今昔

2015 年 6 月 1 日，北京市宣布实行更严格的禁烟措施，室内外全面禁烟，这意味着用法规保护广大群众健康的措施前进了一大步。

禁烟是一个老话题，吸烟危害举世皆知。长期以来，烟草种植业、烟民权益、健康保护，三方面利益胶着在一起，而健康保护始终处于弱势地位，但随着社会文明的进步，健康保护逐步强化了话语权，个别城市或地区试图采取一些有利广大群众健康的措施，但毕竟是治标不治本。

烟草种植涉及农民和企业利益，香烟税收保障政府财政收入，形成了利益链，这是强势一方；卫生部门强调吸烟有害，但办法不多且软弱；烟民不支持禁烟且振振有词，非烟民深受其害，最为弱势，无可奈何！政府在多种利益需求之间力求平衡，做出的最强硬措施是不准香烟做电视广告。

小时候，我经常看到老年人手提着旱烟袋，也有的拿着水烟斗，另提着装有生烟丝的小布袋子和打火用的火镰。听老人们说云烟最有劲，后来慢慢知道了云烟是指云南产的烟叶。烟叶切成丝供吸食，但不知有害，更未听闻禁烟之说。

读小学时，看到很多牌子的香烟，最好的是英国香烟，却不知道为什么英国香烟会卖到中国来。中学时代，抗战胜利后的北平市场上充斥着美国香烟。我慢慢明白了其中的道理，美英等国家受鸦片战争之流毒影响，大肆往国外输出烟草，由于我国积弱积贫，自然成为输出的主要对象。

中华人民共和国成立后，美国香烟仍然时不时地走私到我国。改革开放以来，对美国香烟走私稽查力度增大，但走私香烟利润高，铤而走险之徒仍多，因而漏网上岸的走私烟依旧不少。后因贸易开放之需，美国香烟得以堂而皇之进口，烟民欢迎，不见其害。

解决禁烟问题，提高大众的认识很重要。烟民一般认为抽烟是有好处的，从社交层面说，见面一支烟，马上拉近了距离好说话，香烟可以说成了一种彼此接近的社交媒介。思考问题、撰写材料、思谋策划，抽支烟提提神，问题似乎就容易解决了。还有所谓“饭后一支烟，赛过活神仙”之说。抽烟的确成瘾，戒烟反复常见。常听说抽烟容易得肺癌，但不抽烟者也可能得肺癌，故烟民不怕。再者，市面上香烟供应充足，何惧之有？

全社会要加大抽烟有害的宣传，仅仅靠易患肺癌的说服力是不够的。应大力宣传吸烟是“损人不利己”的事，损害了自己和家人的健康，家人和周边人群被动吸烟所受的伤害更大。香烟中含有两百多种有害物质，对健康危害极大。着重宣传呼吸道成为烟道的危害，吸烟者呼吸道颜色加深为暗红色，肺小泡透明膜加厚，影响了气体交换，最终可能患上慢阻肺，像鱼儿离开水后呼吸困难一样。慢阻肺病情发展较慢，患者后期不得不放弃抽烟，晚间不能平卧睡觉，非常痛苦，反复住院也难以控制病情，有的甚至可拖数年之久。

最近从环境污染角度提倡禁烟，使群众提高了认识。抽烟的烟雾中 PM2.5 含量很高，会污染空气。此外，长期抽烟者，PM2.5 沉淀于肺部，损害人体健康。电视上曾经播放过吸烟者肺部污染的解剖视频，很有教育意义。香烟过滤嘴没有什么功效，除了对部分煤焦油有过滤作用外，根本阻止不了 PM2.5 入肺。

在现在环境恶化的大背景下，应从缓解空气污染的高度来解决禁烟问题，要逐步减少烟草种植，引导种植烟叶的企业和农民转型，改种其他经济作物，政府应给予优惠政策和补贴，卷烟厂应逐步停业转产，或另辟蹊径，研究烟叶的其他应用，如作为饲料的一部分，或作为某些药品的原料，或经化学处理后做成建筑材料等。总之，国家应加大投入，运用高科技手段为烟叶寻找新的出路。期待经过若干年后，香烟能真的彻底禁绝。

第三编

偶感轶事

南岳大庙联想（之一）

20 世纪 90 年代，我曾有幸赴湖南衡阳，参观了南岳大庙。该庙位于古镇北街尽头，建于唐朝开元十三年（725），由四组院落和九个建筑群体组成，为五岳中最大的庙宇。南岳大庙历史上曾六次焚于战火，最后一次重修为清康熙四十七年（1708），修缮后康熙皇帝亲撰《重修南岳庙碑记》。

南岳衡山的特色在于儒教、佛教、道教共居一山、共存一庙。我参观时见南岳大庙为“儒、道、佛”共居一庙，和谐相处，香火不绝，颇感惊诧，多年来常浮现心头。重修此庙之先哲尊“儒、道、佛”三教为至理，既和谐又团结，其睿智应令“独尊儒术”的汉武帝汗颜。

南岳大庙的布局，据称中轴线原为南岳佛，以南岳佛正面坐像为准，右侧旁院所有建筑为佛教，左侧旁院所有建筑为道教。该庙设计以南岳佛为中心，佛教、道教居旁，能为当时社会和当局接受，可见南岳佛的信奉之盛与主建者权势之强。也不知哪一次重修时南岳佛不见了，中轴线上七至九进建筑全为儒教所占据，大成殿供奉孔圣人。佛教寺庙的排名次，道教院观的排名次，均不见于这座南岳大庙，可能是佛教、道教均未在此居中成为主体之故。

我很赞赏儒教居中占据大庙中轴线的做法。居中的思想代表了主流、主宰。自汉武帝独尊儒术起，几乎历代封建王朝的治国理念均来自儒学或融入儒学。其提倡佛教、道教等属民间信仰，有稳定社会的作用，但不能用为治国主体理念。中国儒学中的哲学理念，已成为社会网络的血脉，可谓中华文明的精髓。

我认为，儒学中的精髓应认定为中华文明中的宝贵财富，建设中国特色社会主义市场经济不能离开它。既然是中国特色的社会主义市场经济，就不能受资本主义自由市场经济的过多影响，而应该有自己的指导思想。最近提出了社会主义核心价值观二十四个字，就是非常重要的行动口号，相信国人会齐心、努力，共圆中国梦。

南岳大庙联想（之二）

改革开放以来，第三产业蓬勃发展，各地大量恢复古建筑群和新修仿古建筑，发展旅游产业，带动了中华文化的传播，这是件好事。其中包括了寺、庙、观、庵的重建，继而发展为在山上修建大佛，这在广东、福建一带较为多见。最近在庐山西海重修东林寺时，山上立起了一尊东林大佛，蔚为壮观，信众顶礼膜拜，络绎不绝。

佛教为古印度释迦牟尼所创，由印度传入我国，主张因果报应、轮回转世，本身具有一定的迷信色彩。在我国流传过程中，又逐步加入了许多妖魔鬼怪的荒诞内容。

道教为我国土生土长的教派，一般认为教祖是老聃，主张清静无为。在流传过程中老聃成了“太上老君”，侍奉玉皇大帝，有道观供奉，俨然成了万能的神，成为另一类迷信图腾。封建帝王多推崇备至，因为道教认为皇帝是上天的龙的转世，由此皇帝自称“真龙天子”，制造“君权神授”的强大舆论，以巩固皇权。封建帝王提倡老百姓信佛、信神，在于用迷信麻痹庶民，以巩固其统治。

虽然道、佛信仰能辅助封建王朝稳固其统治，但历代王朝并不将其用作主要治国理念。汉武帝起治国理念多“独尊儒术”，但并未完全排斥其他学派。封建王朝两千年来不断更替，儒学创始人孔子地位也越来越高，被后世尊为孔圣人。孔孟之道的思想哲理很深，推行仁爱之说，胸怀博大，做人的道理浅显易行，从普通百姓到帝王将相都受其教化。不管怎样，儒学是两千年来中华文化的精髓，是中华历史长河中永恒的存在。

南岳大庙联想（之三）

南岳大庙的独特之处是儒学被看作儒教，位于庙宇中轴线上，左右两侧厢分别为佛教、道教的居所，反映出以儒学为主轴的统治思想。

孔子创立儒学时不过一代穷儒，经历代王朝加封为“圣人”，足见其理念具有非凡生命力。由于孔子曾为历代封建帝王所推崇，当然会受到特定时期社会的批判和排斥。那么，儒学是不是全错了，应全盘否定？其实不然，儒学哲理很深，以仁为核心，充溢着仁爱之心。只是历代封建统治者出于需要，发展出了一套束缚人性的伦理，强加给孔孟，使儒学受到非公正待遇。“五四运动”后孔子成了封建道德的代表，不知道什么时候称呼变成了“孔老二”。中华人民共和国成立后，孔子一度被遗忘了，“文化大革命”中更成为罪魁，在大批判运动中其核心思想被批判得体无完肤。“孔子”一度成了负面文化人物的代名词。

斗转星移，改革开放后，孔子学院在国外林立，声名大噪，儒学成为各国学者研究中华文化的重要内容，成为在国外传播中华文明的主流。而国内儒学理念也逐渐复苏。这一历史轮转现象说明了儒学的生命力。

把视线从封建社会转回到现代中国。鸦片战争以来，中华民族的优秀儿女就一直在寻找救国救民之道，多少仁人志士为此前仆后继，直到中国共产党成立后才找到马列主义救国方略。可纯粹的第三国际指导中国革命出现水土不服，使中国革命走了弯路。只有毛泽东懂得马列主义要与中国革命实际相结合，才使革命获得胜利，中华人民共和国诞生。通俗点说就是马列主义与中华大地接了地气，才焕发了生命力。

2016年2月，与甘祖昌将军夫人龚全珍（时年93岁）合影留念。甘祖昌伉俪曾经是我们的领导。杨志琴军医曾经是甘将军的保健医生，1957年甘将军解甲归田时杨军医一路护送着，并在当地协助工作。从此两家人结下了深厚的革命友谊，从部队时的领导关系逐步转变为忘年交。平时我们称龚全珍为龚大姐

当前建设中国特色的社会主义市场经济，中国特色尚在实践完善中，但是市场经济的上层建筑决不能沿用资本主义自由价值观。中央提出社会主义核心价值观二十四字，目的就是确立建设中国特色社会主义的上层建筑。

社会主义核心价值观二十四字要想为广大群众所接受并融入血脉，恐需要若干时日。这二十四个字不仅符合中华文化传统，提倡与儒学的精髓相结合，而且在形式上使老百姓喜闻乐见，便于记忆传承。不要怕别人说什么“复古”，重要的是大家自觉认同中国特色的社会主义市场经济和与其相适应的核心价值观，齐心夯实前进的道路。

祭祖与“成王败寇”

国人祭祖，其意在思念祖先，不忘过去，延续中华优秀的传统文化，期望中华民族永远屹立于世界民族之林，将华夏文明发扬光大。

在史前年代，由于文字未出现，没有留下文献记载。后来有相关地下文物出土，只能从遗址上判断，大致推算年代。所以人类起源其实难有定论，很多追本溯源的东西只能停留在疑问阶段。

中华文化只能说五千年内之事，即便是这五千年历史，由于历史学家各说各话，留下各种记录，形成了各种传说版本，很多事便也只能是传说而已。

据说，黄帝本姓姬，名轩辕，陕西麟游一带人。为什么称黄帝？无从考证。原始社会只有部落首领，哪有“帝”之称？轩辕氏则很可能只是部落名称。炎帝，本姓姜，陕西渭水河上游、清姜河一带人。为什么称炎帝？同样难以考证。神农氏可能是其部落名称。黄帝被尊为“人文始祖”，而同为原始社会，同为农耕部落首领，为什么后人只选择黄帝而不是炎帝，除了封建王朝学者“成王败寇”说的缘由之外，还有别的可能吗？

蚩尤，原本是炎帝统属的一个部落的首领。炎帝与黄帝之战后，炎帝部落流落至中原东部，大致在安徽、河南、山东一带。经过若干年，蚩尤部复兴，掌握了一定的冶炼技术，北上与黄帝大战于涿鹿，兵败被杀。在以前“成王败寇”说的观念下，蚩尤一直被贬。

当然，以上文字记载极不完整，只能就“传说”理解传说，就“故事”力求正确理解故事。笔者所要引出的问题是：

其一，褒黄帝。对黄帝赞扬有加，近于完人。历代帝王尊陕西黄陵为陵寝。全国黄帝陵共有七处，以“人文初祖”“华夏共祖”称誉颂扬。

其二，抑炎帝。炎帝实际上早于黄帝，双方曾大战，炎帝部落失败，南下中原开辟新领地。

其三，贬蚩尤。蚩尤除了农耕技术外还掌握了制铜冶炼技术，可见其贡献之大。其地位受贬的原因就在于“成王败寇”，这种历史观念本身就是错误的。况且据说部分少数民族还视蚩尤为祖先。

黄帝、炎帝、蚩尤在原始社会为拓展生存空间而发起的战争，应属民族内部的自然进程，而非后来意义上的帝王之争。像《中华上下五千年》“涿鹿大战”一节中认为：“炎、黄两个部族便在中原地区互相融合、共同劳动和繁衍下来。他们就成了我们中华民族的始祖。”这种论断，笔者不太敢苟同。

两年前，笔者到河北省张家口市涿鹿县寻访古战场，在那

中华三祖堂

里，历史学家发现出土文物和古书记载以及地形地貌一致，确认就是黄帝、炎帝、蚩尤三雄交战的地方。于是，当地兴建了巍峨壮观的“合符坛”——饰有巨型铜质九龙腾飞雕塑和代表56个民族的图腾石柱，更令笔者大为震动的是，这里还将原“黄帝庙”改建为“三祖堂”。这一“三祖堂”的命名是质的飞跃，是历史唯物史观的审视，是对原始社会的归真。

笔者认为，“三祖堂”“合符坛”应该成为56个民族公祭祖先的严肃场所。希望将某一天法定为国家祭祖的公祭日，以慰庶民拳拳之心，也希望社会公众予以更多认同，共同呼吁成事。

夹缝生存众生相——华东编协轶事

1982—1992年，我从事学报工作，在华东地区高等院校自然科学学报编辑协会（简称“华东编协”）任职十年。这是我四十余年的工龄中最后十年的工作，前33年从事医疗、教学工作。奉调进入《江西医学院学报》工作时，我并不懂编辑工作，也不知道怎么做，迫切需要求知取经，给自己装上飞翔的翅膀。正好华东编协在济南召开成立大会，于是我欣然赴会。

我是解放战争后期参军的知青，几十年的生涯中深知中国革命“阶级斗争”的动力，再加上自己在其中的“定位”，因而有着特殊的敏锐性。1982 年在济南华东编协成立期间，正赶上中共“十二大”召开，其主调是今后以经济建设为主要方向，放弃以阶级斗争为纲，但指出阶级斗争在一定范围内仍然存在。

阶级斗争观念在我身上根深蒂固，我时刻提醒自己不要踩红线，这一观念伴随了我在华东编协十年的特殊经历，即在阶级斗争与解放思想、与时俱进的夹缝中求发展。

彻夜难眠的困境

华东编协以座谈会的方式发起，每省有两名牵头人，大家共同组成筹委会和大会主席团。我不是牵头人，心情轻松，准备好好游览一番“家家垂杨柳，户户清泉水”的泉城美景。

第一天的大会就打破了我的憧憬，主席团通过我省牵头人发出邀请，希望我出任江西副理事长，开展后续工作。这像是将一颗未爆炸弹递交到我的手中。

那晚，我回忆白天听到的“十二大”精神，一手拿着《华东编协章程》，一手拿着《中国科学技术协会章程》，互相对照，反复比较，认定华东编协政治方向与中央保持了一致，有利于学报改革与发展，可以接受；另一方面，反复衡量自己的经历、经验和社会定位，对能“吃几碗干饭”心中有数，可以完成任务。不过由于自己“一朝被蛇咬，十年怕井绳”，所以彻夜辗转、难以入眠。第二天一早，我慨然给了主席团肯定的答复。

我省牵头的两位同仁年纪较轻，或许出发前领导有特殊交代，要慎重、多观察。当然，这在当时大环境与思潮影响下可能是最好的选择。

果然，某省一位与会同仁，会后即跑到北京向国家教育部告密，说华东编协实质上是搞“反革命活动”。幸亏大会筹委会事前有请示，征得教育部同意才举办会议，故此告密并未奏效。

上不着天，下不着地

“上不着天，下不着地”实际上是华东编协的组织路线，是客观形势逼出来的。1982 年，时值十一届三中全会后第四年，虽然说党的路线已转移到经济建设轨道上来了，但政治环境依然严酷，成立群众性的“学会”“研究会”，一般都不予批准。各省学报同仁省内交流都是一对一进行，单位开具介绍信才能接触，不可能随便集中开会商讨工作。当时，华东学报界有一批精英倡议召开跨省学报座谈会，得到了教育部科技司的支持，筹备并成立华东编协，避开了党政部门的直接审批和干预。华东地区只是一个地域概念，并没有相对应的地区党组织和政府（注：解放初期华东地区设有“华东军政委员会”，党内设有“华东局”，后撤销）。称“上不着天”指的就是这个客观事实。不着天但“通天”，编协筹备期间多次向教育部汇报，始终得到支持。“下不着地”是华东编协成立已为既定事实后，要求各省扎根，尽快成立各省分会或研究会。各省有关部门听了华东编协成立的事实，文件上写着教育部支持，加上学报同仁理直气壮的要求，领导机关也认为自己省内不能落后，经过两年努力，各省基本上都有了官方认可的学报群众组织。这是一条符合当时实际的成功的组织路线，终于突破了阶级斗争氛围的影响，华东编协由此在上下两层政府间诞生了。

“茶壶里”的风暴

华东编协成立次年，在扬州开常委会，突然有几名常委提出将“协会”改为“研究会”，理由是“协会”具有行会性质内涵，易被误解引起负面反应，故建议改为“研究会”，以更好地体现学术内涵。这实际上是怕有人用“阶级斗争”的大棒“抓辫子”“扣帽子”。我也同样害怕，但还是力主不改名。如果改名，回去向领导如何汇报？成立不满一年就改名，不是怕，就是自己底气不足——心虚。如果上级领导产生了某些疑虑，工作将很难开展。结果理事长下决断，不讨论这个问题了，“茶壶里”的风暴得以平息。

“昙花”与“无奈”

华东编协首任秘书长年轻、能干，但个性有点张扬。四川同行向华东编协求援，希望当地开学报座谈会能有华东来人参与指导，于是秘书长衔命赴会。照理说华东编协刚成立，任何人代表出师都应该以低调、低姿态为行为准则。但是，秘书长此次之行颇为高调，全然不顾周围有什么反应。由于当时社会风气还相当封闭，结果换回来一大堆负面反应，再加上华东编协内部有些人用阶级斗争的观点分析，无限上纲，结果弄得理事长如坐针毡。为了当时大局的利益，只好让秘书长辞职，走马换将。此事，秘书长如“昙花”一现，理事长“无奈”中做决断。

杭州会议的冷风

1985 年，学报界一片欣欣向荣的景象，华东编协首届任期届满，盘点三年成绩斐然，规范化、标准化成绩优良；横向交流活跃，促进了学术思想的发展；各省分会或研究会均已成立，成为官方支持的群众组织，“下不着地”现象大为改观，已深深扎根于当地土壤之中。换届后的组织工作瞄准了促成全国学报研究会的建立，因此在当时杭州会议上，邀请了全国各省市学报界的一批同仁共商大计。北京市代表发言时，把学报同仁所思所想和盘托出，对所受束缚的种种事实表达得淋漓尽致，大会代表们觉得全是感同身受的大实话。会后，到会的浙江省科协某领导传过话来，大意是注意此发言人的动向，提醒大会主席团警觉。提醒毫无疑问是善意的，却使主要成员无不感到丝丝凉意。那是阶级斗争意识的“冷风”。

华东编协的行事风格

华东编协行事风格一向低调、沉稳，强调把自己的事办好，主动联系全国同行，力促全国研究会早日建立。1986 年 6 月，华东编协在安徽九华山下的青阳召开座谈会，并邀请了全国有关高校学报参加（俗称“南会”）。临会前，北京同行突接教育部指示要收集学报界反应，故临时决定在北戴河召开全国部分院校学报座谈会（俗称“北会”），南北两会大部分时间重叠，此事纯属偶然。遵照理事长指示，我衔命赴北会，中途折返南会，对两会进行了沟通。在南会结束前，南北两会主要人物在青阳进行了最重要的沟通。在青阳最后一天的傍晚，在月色下散步时，华东编协理事长正式表态，华东同仁不当头，支持北京同仁出面担当。我是当时唯一的历史见证人。

1987 年，全国高校自然科学学报研究会成立了，全国20名常委中，华东只占4 席，华东同仁们并未谋求更多利益，还是那么低调、沉稳。

至此，华东编协成立仅五年，就促成了全国研究会建立，“上不着天”终于“着天”了，完成了应当完成的任务。

阶级斗争惯性思维

阶级斗争惯性思维是我在1982至1992十年间的感知。这是客观现象，即在人们观念意识相互影响转变中原来的意识形态均有一定惯性，也就是常说的习惯如此。

从大环境看，自1980年邓小平同志创建特区起，对深圳特区的性质就争论不止，它姓“资”还是姓“社”？直到1992年邓小平同志南行在深圳题词肯定了特区建设经验后，阶级斗争观念惯性制导下的大争论才逐渐平息。此后，1992年江泽民同志在党的“十四大”会议上提出的“社会主义市场经济”的概念，大约一年以后在理论上仔细阐述了这个问题。

从小环境看，看看自己单位和周边单位，阶级斗争主要是“人治”，随便解释党和国家政策，拍脑袋决策。1982年，当时还是终身制的老干部当政，我调入学报工作，编制在科研处，硬说学报是行政工作，转岗后不能参评专业职称。我三十多年的医师、教师经历全都被置之于脑后，白白耽误了我五年评职称的宝贵时间。1987年学报已被认定为业务工作，正好编辑系列职称开评，学校给我报“编审”职称，省出版局高评会说“你才搞几年学报”，工龄不够，他们不认可前三十年工龄。此时知识型干部已接班，居然人为地把他人的工龄割断，完全不执行党和国家的“工龄政策”，真是“奇事”。最后我终于以不到十年的工龄被定为“副编审”。那年我已58岁了。

第一次学会丛生

1987年中国高等学校自然科学学报研究会成立前后，受华东编协的开创行为鼓舞，学报界同仁迎来了学会活动的春天。

首先是地区性跨省学报界联系增强了，华东编协的形式开始复制。西南地区、东北地区学报界联络活动很活跃，酝酿成立了相应的地区学报群众组织。此后，在全国研究会组织结构中，除华东编协被批准为地区性下属组织外，未见有其他组织。华东编协生存具有自身条件：其一，人文条件优越，华东地区高校有150所之多；其二，交通方便，便于交往，活动灵便；其三，华东是全国学报群众组织破壳而出的地区，愿做贡献的精英多。虽然全国学报研究会成立之后，也有议论说华东编协无存在的必要，但这种议论并不占主流。

华东编协是“块状”组织。不久“条状”组织也出现了，活动较好的有医学学报研究会和农林学报研究会等，这些研究会的具体发展状况我并不特别清楚，但当时还是相当活跃的。

第二次学会丛生

早在华东编协成立之前，在中国科学技术协会的关怀领导下，国内就已成立了中国科学技术期刊编辑学会筹备委员会。在与该委员会一位主要成员接触中得知了他有无尽的苦衷，调侃筹委会快变成“愁委会”了。我们在全国学报研究会筹备期间，即与该筹委会建立了密切联系，互为促进。大家还商定，未来全国学报研究会成立后，中国高等学校自然科学学报研究会将成为它下属的一个重要组成部分。当全国学报研究会正式成立时，全国各个领域的科技期刊编辑研究会如雨后春笋一样涌现。1987 年，中国科学技术期刊编辑学会终于在北京植物园成立了，中国高等学校自然科学学报研究会理事长当选为该学会常务理事。

秘书长

华东编协第一个任期内，出现了两位秘书长，前面曾提到了第一任秘书长换马的经历。两位秘书长均出自医学系统学报，都不会也不适合做秘书长，据理事长讲，秘书长从不起草发言稿和文件，当然，其个人能力并不弱。新任的秘书长忙于“拉山头”，热心于医学院校研究会的建立工作，并成为其中的主要成员。渐渐地，他参加华东编协的活动少了，但又不放心，何以为证？1987 年在中国科学技术期刊编辑学会成立大会期间，该秘书长找到我，要我去医学学报研究会汇报工作（我是该学会成员）。实际上是想摸华东编协和全国学报研究会的底，想了解如何对待医学学报研究会。但我谈的内容根本不涉及这些问题。

中国科学技术期刊编辑学会成立时，全国学报研究会理事长被选为常务理事，医学学报研究会理事长和秘书长被选为理事。秘书长忽略了一个基本事实，医学学报客观上早已定位：在学报界是一个分支，在医学期刊界也是一个分支。秘书长也算是机关算尽了。

大致两年后，民政部发文，要求学会、研究会、协会一律归口登记，由民政部统一管理。中国高等学校自然科学学报研究会登记为一级学会，医学学报研究会登记结果我不知道，此后，我所在学报未接到过该会学术活动的通知。

2002年11月，在南昌召开华东编协成立20周年庆祝大会暨学术年会

“天命”改行 奉命“做嫁衣”

《论语》中说“五十而知天命”。“天命”改行，是指自己在江西医学院及其附属医院从医、从教33年后，改行做《江西医学院学报》编辑工作，那年我已经53岁了。此次改行是在大专业范围内一次大的改行。该学报属综合性医学专业期刊，没有深厚的医学专业功底是难以胜任的；另外，我的文字功底较好。这两点是要我改行的基本理由，组织部门找我谈话也是这么说的，指出非我莫属。

当时，我的思想激起了汹涌波涛，接受任务吗？革命战争年代里接受任务是不讲条件的，许多革命先烈就这样走上了奉献之路。我们这一代人深深懂得服从分配是必需的，革命胜利之路就是这样走过来的，有哪位先烈是讲过个人利益的？我是解放战争年代参加革命的，革命意识与榜样决定了我的思想动态，我最终决定服从分配。

进入编辑行业后，听到最多的一句行话就是“编辑是为他人做嫁衣的”。“做嫁衣”三个字对我震动很大，从此我奉命为全院技术人员做嫁衣了，难吗？很难很难！正式接手工作时离退休还有七年（实际做了十年）。在这么短暂的时间

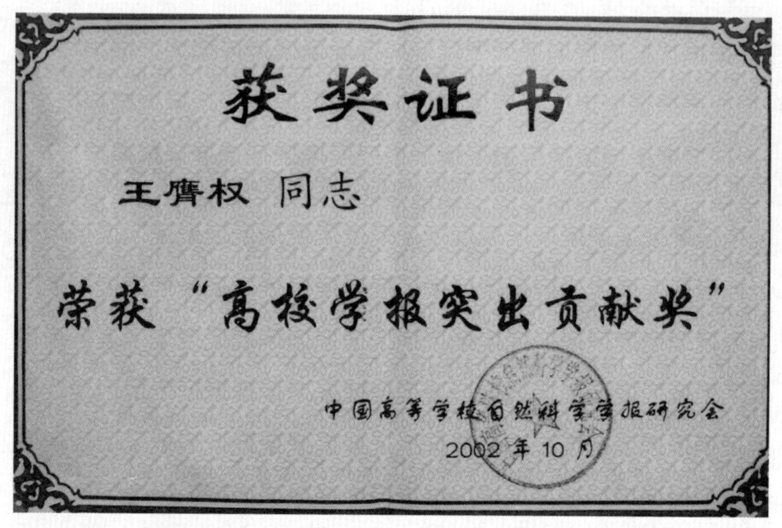

内，能做些什么？这一自我拷问成为那段时期内萦绕在心头的主线。一般“天命”之年的人已经在考虑退休安排了，而我却奉命改“做嫁衣”，这是在考验我的意志与毅力。

不妨来盘点一番“做嫁衣”：

其一，奉命把一本内部交流的汇编本的期刊，改造成为规范化、标准化、公开发行的医学专业综合性期刊，最终得以在国内外发行。此任务在大家共同努力下完成了，并多次在全国和省内获奖。

其二，想给自己做一件漂亮的“嫁衣”，首先应选定一个好的课题。时值改革开放初期，国家教委下达了建立我国外向型数据库的任务，清华大学图书馆一位高工领受了该课题，向全国高校学报界（自然科学版）征询协作，以学报作为数据源来建设数据库。我在接到文件、征得领导同意后，毅然参加了协作。为此，我积极参加各种学习班，在业余时间求索，逐步成为合格的成员。

那时，建设数据库最基本的是把规范化、标准化的文章内容做成规范的数据表格，然后通过大型计算机做成磁带。其中关键是要输入标准统一的“主题词”（俗称“关键词”）。经过反复论证，最后决定使用《汉语主题词表》，但医学学报使用美国 Index 的 MeSH（美国《医学主题词表》），于是最终采用双词表制，其目的就是要完全与国际接轨。

鉴于该数据库领军者是一位高工，主攻计算机专业，不懂医学，因而 MeSH 的使用任务就落在了参加课题的医学院校编辑肩上。我和我的学报同仁，努力工作，潜心研究，在使用 MeSH 建设数据库过程中逐渐成为领头羊，不久在建立 CUJA 委员会时，我被聘为第一副主任，几年后为官方所认证，由此也确立了我在协作课题中的位置。

其三，意外的惊喜出现了。由于我带头钻研 MeSH 词表，并在《江西医学院学报》上陆续发表了三篇实践的介绍性文章，被以《中华医学杂志》为首的中华医学杂志社发现了。因此，该杂志社邀请我帮助开展工作，主要是协助开展 MeSH 标引工作，分析疑难文章标引的准确性，给全社编辑系统讲课，介绍经验，最后完成了一项软课题，即对《中华医学杂志》1988 年全年 12 期刊物进行审读，并写出总结性文章。该文章题目为“试论医学期刊主题词标引——复标 1988

年《中华医学杂志》全卷关键词的启示"，于该杂志1990年第7期刊登。该论文经过严格的评审，杂志社很慎重，特地加了"编者按"，说明我的身份、学术地位与工作。后来此文在全国评比中获一等奖。这也算是给自己做了一件嫁衣。

第四编 沙金本色

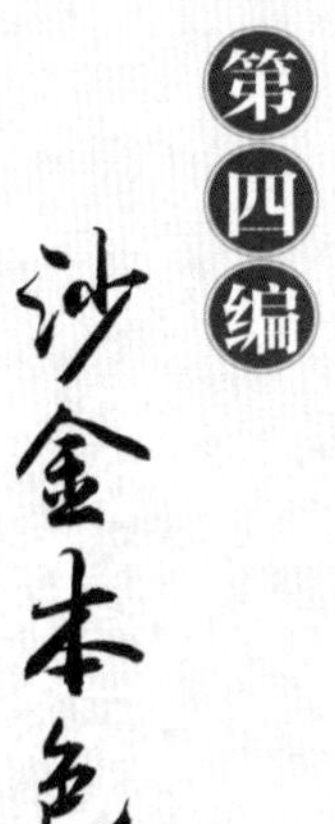

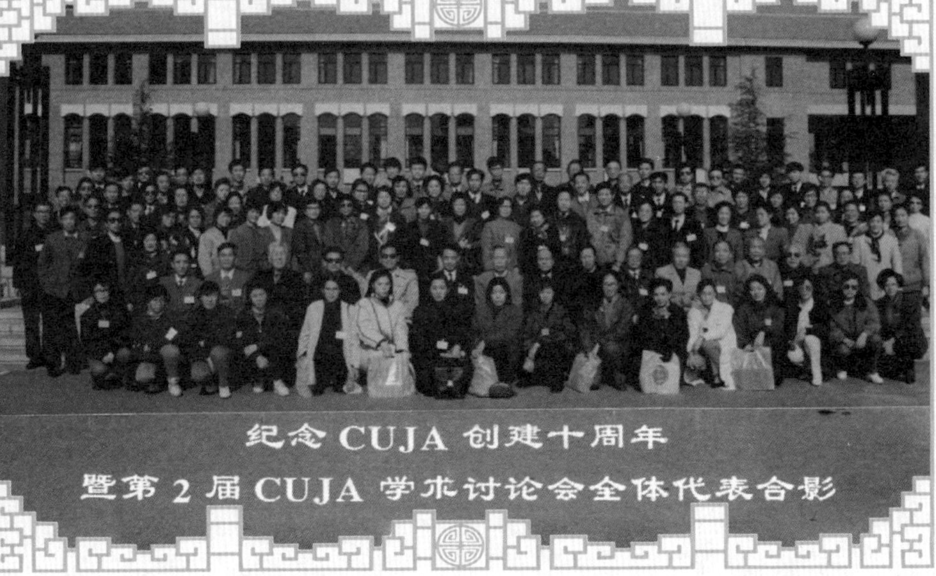

纪念 CUJA 创建十周年

暨第 2 届 CUJA 学术讨论会全体代表合影

本编四篇关于CUJA的文章，是为记录历史，使之沉淀于文字瀚海之中。CUJA数据库建设是教育部1982年立项的课题，由清华大学图书馆牵头，全国300余家大学自然科学学报进行协作，历时10年完成。谨念学报同仁们改革创新、爱国奉献的精神，同时感谢各大学在当时经济拮据的情况下给予的大力支持。

——时任CUJA委员会副主任王膺权　题记

一粒沙金——CUJA

CUJA，说它是一粒沙金，有依据吗？用“一粒”是说明其小，比起很多重大科研项目来说，它只是从某一侧面反映了创新精神。说它是“沙金”，因为它是国家教委立项的课题，从立项到结项，历时约10年（1982—1992），在中段曾获国家科委“国家科技情报成果奖”三等奖，作为数据库建设，最终为世界上最早和最大的专业情报检索系统——美国DIALOG系统所接纳。这的确是一项创新成果，把它比作“沙金”是货真价实的。

CUJA全称为Chinese University Journal Abstract，中文最初命名为“中国高等院校学报论文文摘（英文磁带

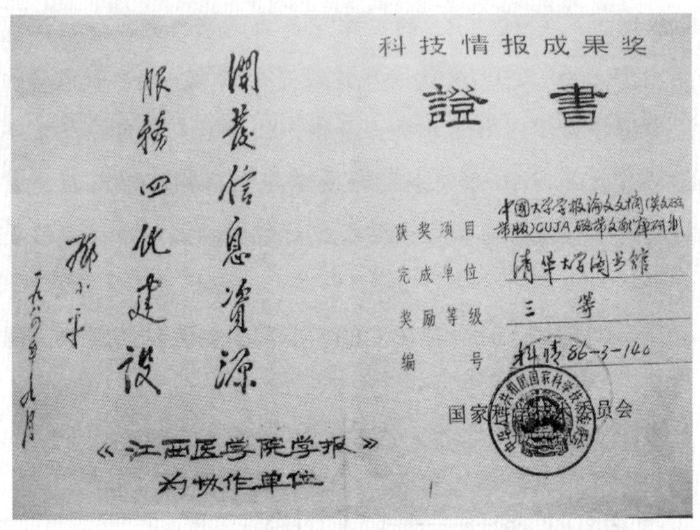
科技情报成果奖

證書

获奖项目 中国大学学报论文文摘(英文版)CUJA磁带文献库研制

完成单位 清华大学图书馆

奖励等级 三等

编号 科情86-3-140

国家 员会

開發信息資源
服務四化建設
鄧小平
一九八四年九月

《江西医学院学报》
为协作单位

CUJA 课题获国家科委“国家科技情报成果奖”三等奖的证书

版）”，后改为“中国高校学报文献数据库”。实际上是将高校自然科学学报文献做成英文摘要、增加关键词及各种代码，以全英文版形式做成大型磁带。1989 年 2 月 1 日，首次 DIALOG—CUJA 国际联机检索实验成功；1989 年 4 月之前，CUJA 文档 1 ~ 3 卷进行全国性联机实验；DIALOG 同意自 1990 年 1 月 1 日起将 CUJA 文档向全世界用户开放。

1991 年 8 月 2 日，《光明日报》第一版刊登了一则消息，题为“我国科技文献将全面进入国际网络”，其中 CUJA 被列为五个数据库中的首位。但此后未再获得 CUJA 相关报道信息。1992 年获知 DIALOG 将大型磁带发展为光盘输送，不再限于“文摘”阅读，改为全文查找。我国后继创立了“中国科学技术期刊（光盘版）”并发行。

CUJA 戛然而止了。这说明当时我国科研水平较低，对国外文献数据库发展情况不了解，因而起点低、起步晚，当 DIALOG 研究光盘载体时，我们才开始研制磁带载体。光盘载体一旦问世，我们就被甩蒙了。

1992 年，“中国科学技术期刊（光盘版）”在江西医学院召开了全国学术会议。我当时所在学报的编辑部主任未接受此任务。不久我就离休了。

若干年后我听到了一则消息，CUJA 在一定范围内召开会议做了 “结束”。一定范围应当有 CUJA 项目主持单位清华大学，领导机构应有国家教委、科委、新闻出版总署相关人员，还有与之有关的学术机构成员。但十多年过去了，我作为协作单位主要参与者才获知此消息。

CUJA 这段历史被尘封二十多年了，我觉得有必要从协作单位的角度说说这段往事，并公诸社会，存之于世，这才对得

时任 CUJA 主任、清华大学高级工程师万景坤

笔者时任 CUJA 委员会副主任

起为此付出过心血的众多高校及其学报编辑部的同仁们。

1982年，在山东烟台召开了一次全国部分重点高校情报工作座谈会，会上提出了情报如何与国外接轨的任务，清华大学图书馆情报工作者领受了任务，提出了CUJA课题。这是国内科技情报与国外先进科技情报工作接轨的肇始。

CUJA建设者在1982—1992年十年间做了以下有益而重要的工作：

（1）科技情报与高校学报（包括科技期刊）编辑流程一体化，大大缩短了科技论文的面世时间。

（2）促进了高校学报（包括科技期刊）规范化、标准化与国外同类期刊同步，如增加论文的中英文摘要、关键词、各种检索标码，引文编排规范化，完全实现了与国际接轨。

（3）推广了各类词表在各界的应用，最主要的是《汉语主题词表》和美国《医学主题词表》（MeSH）。前者是“文革”期间周恩来总理集中保护的国内各行各业知名专家编订的。

（4）带动了一批“国家标准（GB）”的修订。

（5）为经济发展、制造业、基础建设等改革创新做了情报搭桥，成为国家科技创新的先锋。

当然，以上工作并不是清华大学课题组独立完成的，而是在全国高校学报界通力协作下完成的。当时，在国家教委、科委的领导支持下，形成了全国高校学报协作网。十年间，先后参加该课题的高校学报单位有300余家，最终坚持下来的约有250家，前后参加的学报编辑人数有1 000多人，可以说，他们是改革开放前十年中爱国奉献的精英。

课题经费上，最初投入仅5万元，后续投入无从知晓。各协作单位在人力物力投入上都是很大的，譬如，派人参加各种学习班的差旅费、资料费等；各种表格资料的印刷费；购置各种词表、图书的费用；最初购置打印机，后来购置计算机等先进设备等的费用。10年间，各高校学报开支无法精确统计，按每个编辑部每年2 000元计，10年投资2万元，再按250所高校计算，至少有500万元之多。国家教委也预感到发挥各协作单位的积极性很重要，在CUJA课题面世五周年之际，将课题协作单位以“CUJA委员会”之名列入国家教委（87）教技司字037号文件，昭示各高校及其学报编辑部。

问题是各学报编辑部经常会问协作成果何时有经济回报，因为它挤占了正常的学报预算，大家希望未来有所回报。课题单位告诉大家CUJA是商品，一旦DIALOG将CUJA推出应用，就会有经济收入，大家应等待未来的红利，这等于是“画饼”给大家。而我则是协作帮助“画饼”的第一人（原课题负责人是高级工程师，不懂医学，而三分之一的协作单位都是医学院校，不久担子便落在了我的肩上；加之我对《医学主题词表》（MeSH）学习应用有成果，进入课题组后不久，我就被聘为课题组第一副主任，教委文件也确认了这一身份。由此我必须“卖力”地帮助“画饼”）。最终还真成了“画饼”，为此，多年来每想起这段往事总觉得有歉意。

经济“画饼”可谓草草收场，但协作单位及其学报同仁的奉献精神不应湮没，应有历史记录。

我已是耄耋老人了，有责任尽我所知记录下这段往事，以昭示社会，存之历史。现在我终于可以放下歉意，伸伸腰舒口气了。

强化CUJA数据库的质量意识①

CUJA数据库已完成进入DIALOG序列的历程，它作为DIALOG的新成员，即将为世界用户提供服务。当CUJA翻开历史新的一页的时候，我们发现与CUJA今后的生存与发展攸关的是质量问题。CUJA应为用户长期稳定地提供高水平、高质量、准确的信息，应成为DIALOG数据库中讲求信誉的信息源。毫无疑问，这已成为CUJA全体成员为之奋斗的共同目标，这是一种长远的、本质的要求。为此，必须强化CUJA数据库的质量意识。这种质量意识是一种复合意识，由以下几方面构成：

① 此文原发表于《上海机械学院学报》1991年增2期。

一、主体意识

一般来说主体意识应理解为主人翁意识，深一层说应是发挥 CUJA 成员潜在的积极的创新意识。这种主体意识现在还不能说所有 CUJA 成员都已具备了，从做好一份工作单来看，有的是学报编辑部自身完成的，有的是请图书情报部门代做的，有的是与相关学科的教学人员合作完成的。出现多样化的形式固然与 CUJA 各成员之间的客观条件不同有关，但更重要的是主体意识尚待加强。这里提出一个问题，CUJA 任务究竟属于哪一个部门的工作范畴？应由哪些人来承担任务？这是开展 CUJA 工作必须解决的重大问题，但至今仍不能说已经完全解决了。CUJA 工作本质上属于情报工作的范畴，而现在是由学报工作者承担，因而在一些 CUJA 成员中就会出现工作任务归属的疑问，或在参与 CUJA 工作过程中面临“是否为本职工作”的外来压力，从而影响主体意识的确立与发挥。

尽管 CUJA 工作本质属性为情报，但不等于就永远被界定为情报工作者的责任。历史是发展的，人们的认识必然伴随着历史的发展而深化，原先界定的学科概念也不断被突破而产生新的边缘学科。CUJA 工作从诞生那一天起，就由学报工作者协作建立起了牢固的主体支架，它的技术路线完全突破了单一情报工作的模式，其发展速度与规模使情报部门都为之惊叹。实践证明，它虽是我国开发高校信息资源的新生事物，但在短短八年的时间里就进入国际情报市场。情报部门的夙愿，今天由学报工作者实现了，这一雄辩的事实说明学报工作者已承担起了这一历史重任。现在可以说 CUJA 是学报工作者的己任，学报编辑是 CUJA 事业的主体。只有强化学报工作者的主体意识，才能在 CUJA 工作中发挥他们潜在的积极的创新意识。近些年来，CUJA 各协作成员在完成主题词标引工作、书写英文文摘以及完成 CUJA 工作单各环节中，就总结出了不少好的工作经验，涌现出一批高质量的论文，推动着 CUJA 事业的发展。

CUJA 数据库使情报工作发展成为学报工作的一个有机组成部分，促进了情报学报一体化，这是有其内在规律的。

二、一体化意识

这里的“一体化意识”是指对一次文献与二次文献编辑工作一体化的认识。回顾我国科技期刊20 世纪80 年代的发展史就会发现：在20 世纪80 年代初期，科技期刊基本没有编写摘要和关键词；进入80 年代中期，已有不少科技期刊编写了摘要和关键词；至80 年代后期，几乎所有公开发行的科技期刊均编有摘要和关键词。而学报从 CUJA 开始即编有英文摘要和关键词，可见80 年代后八年是科技期刊实现质的飞跃的年代。从广义上说，学报所编辑的论文属于一次文献，所编摘要和标引的关键词属于二次文献。目前，这二者在论文编辑好发印前就一次定稿了，这就叫一次文献与二次文献编辑工作一体化。这个任务不是强加给科技编辑的，而是科技文献自身发展的历史潮流所决定的，是为方便读者或用户检索所决定的。一句话，它是信息社会对科技期刊编辑的要求。这种潮流是世界性的科技进步的潮流。为此，国家科委于1986年下达文件，要求科技期刊论文编写摘要，其后国务院和各级政府文件均标引关键词，进行关键词索引管理。

学报编辑，尤其是参加CUJA数据库建设的编辑们，必须强化一体化意识，应把编辑好二次文献与一次文献放在同等重要的位置上，这样可使二次文献与一次文献的时间差近乎缩短为零。这是专业情报工作者难以做到的，而对学报编辑来说，这已成为光荣而神圣的职责。

三、群体意识

参加CUJA数据库建设的各学报编辑部中的每个人都具备主体意识，从而就形成了编辑部的群体意识。每个编辑部都能独立承担CUJA工作的子任务，才能使CUJA的质量稳定在同一水平上，持续稳定地产出高质量的CUJA数据，进而保证CUJA数据库的总体数据质量。

从目前来看，群体意识是CUJA事业中的薄弱环节。多数学报编辑部中只有少数编辑在做CUJA工作单，尚达不到所有编辑都能做CUJA工作单的水平。这种状况不能不被视为 CUJA 事业的隐忧，一旦某编辑部有人事变动，就可能带来 CUJA 工作停滞或中断的危险。如果每年都有编辑部出现这种情况，那么 CUJA 数据库建设必然受到一定的影响。所以说，群体意识对整个 CUJA 事业来说是至关重要的。

造成群体意识不强的原因是多方面的，其中最主要的是编辑队伍不够稳定与领导重视度不够。要解决这个问题，首先是 CUJA 中心应从多层次、多角度宣传 CUJA 事业；其次是编辑部的领导向上应汇报和宣传 CUJA 事业，争取学校领导的重视与支持；最后是向下应宣传、组织群众，使编辑部成员均建立起主体意识，提高 CUJA 数据工作的能力。经过一段时间的努力，使多数学报编辑部能逐步形成群体意识，使 CUJA 数据工作建立在牢固的基础上。

CUJA 通讯

CUJA TONGXUN

中国高等学校自然科学学报研究会 CUJA委员会主编

责任编辑 祝伟权

第 3 期　1989年6月5日 出版

CUJA 中心，CUJA 委员会
就首次 DIALOG－CUJA 国际联机检索试验成功
致CUJA系统全体同事的贺信

CUJA 系统各学报编辑部(图书馆、情报室)：

CUJA 委员会全体委员及 CUJA 各省市自治区联络组组长及成员单位：

首次 DIALOG—CUJA 国际联机检索在1989年2月1日下午试验成功了！

首次国际联机检索试验的成功是 CUJA 发展史上的一件大事，是我国高校学报信息走向世界的重要标志。它是 CUJA 系统广大成员在国家教委、国家科委和各校领导的亲切关怀和大力支持下长期坚持不懈、艰苦奋斗、团结协作所取得的重大成果。在此，我们首先要向所有为 CUJA 事业的建设和发展作出了宝贵贡献、付出了辛勤劳动的同志们表示最热烈的祝贺和亲切的慰问，向一切支持、关心过 CUJA 工作的各级领导、各位专家和同行们表示衷心的感谢和诚挚的敬意！

在欢庆这个试验初步成功的时刻，我们清醒地认识到，在 CUJA 文献数据库建设与发展的征途上，我们的任务更艰巨，任重而道远。我们 CUJA 中心和 CUJA 委员会的同事们决心紧紧地依靠国家机关有关部门的领导、紧紧地依靠 CUJA 系统各成员单位的全体同志，紧紧地依靠中国高校自然科学学报研究会的大力支持，坚持实事求是的科学态度，坚持艰苦奋斗的革命精神，团结协作，荣辱与共，对技术工作精益求精，紧紧抓住提高建库质量这一中心环节，踏实、紧张而有序地开展 CUJA 建设与发展的各项工作，顺利地履行国际合作协议，维护和增进我们的国际声誉，争取我们共同的光荣事业稳步前进，取得更大的成功。

顺致

敬意！

中国高校学报文献数据库建设与发展中心

中国高校自然科学学报研究会 CUJA 委员会

1989年2月16日

首次 DIALOG—CUJA 国际联机检索试验成功的贺信

四、科学意识

科技工作者应有科学意识，科技期刊编辑同样应有科学意识，编制 CUJA 数据自然也应有科学意识。这个道理是浅显易懂的，然而在实际工作中是否坚持科学意识，并不尽如人意，反映在工作单上就存在质量有差别的问题了，比如，有些属工作水平问题，如主题词标引、摘要书写等；有错字、漏字，或普通的语句也出现错误；工作质量不稳定等。这里最重要的是强化科学意识，它会促使我们去研究，去求实，把主题词选准选好，把英文摘要写好。

对 CUJA 工作来说，科学意识主要体现在做好一份工作单上。在一份工作单 26 个字段中，对任何一个数据都必须讲科学，要达到准确无误的表达。尽管某些字段较之另一些字段更重要，但对编制工作单的编辑们来说每个字段都同等重要，都不能出错。绝不能在某些字段上讲科学，能求实，而对另一些字段则马虎对待。科学意识贵在持之以恒，不论工作多忙，编制 CUJA 工作单时都必须静下心来，一丝不苟，仔细推敲，反复核对，尤其是最后校对定稿时切忌疏忽大意。特别值得提醒的是，当编辑部多人在编制工作单时，更应注意最后的把关校对，往往工作单原稿准确无误，而最后打印输入工作单时出现了某些错误，功亏一篑。所以说要做到科学意识贯穿始终、覆盖全面是很不容易的，必须强化。

1992年11月4日，在清华大学召开庆祝CUJA创建十周年暨第2届CUJA学术讨论会的现场

五、商品意识

CUJA进入DIALOG数据库为世界用户提供的服务，是有偿服务。CUJA磁带是作为科技信息商品推向世界的，因而它的重要属性之一就是商品属性。为此有必要建立和强化CUJA成员的商品意识。过去，无论是CUJA在研究阶段讲科研协作，还是在完成鉴定后讲开发高校信息资源，在宣传方面都是讲科学技术，讲科研成果，讲学术价值的。无疑这些都是CUJA的重要属性。这里提出CUJA的商品意识，似乎有

些突然，但事实上 CUJA 的商品属性是早已存在的客观事实。

众所周知，在商品社会里人们的劳动创造，无论是物质还是精神的产品，其交换都是有价交换。以 CUJA 的信息源——大学学报为例，它是公开发行的，有定价和固定的流通渠道，它除了科技期刊的属性外，还有另一个属性，即商品属性。只不过人们对它的商品价值没有那么重视，很少宣传而已，一般讲社会效益和经济效益时往往只强调前者。大学学报是商品，在此基础上建立的 CUJA 数据库中所输出的磁带载体当然也属商品。

建立和强化 CUJA 商品意识是要树立质量第一的产品观念。CUJA 进入国际视野为用户服务有个竞争问题，进入 DIALOG 数据库能否站得住脚，取决于用户的喜爱和接受程度。用户在意的是一流产品，因而 CUJA 磁带的每一个数据必须是一级品，而不能是二级、三级品，更不能出等外品；也不能一个时期产一级品，另一个时期产二级、三级品。只有创造一流的产品才能在国际竞争中立于不败之地。当然，另一个重要方面是要抓基础建设，即抓好学报质量，编制好一次文献，尤其要把优质稿件、科研成果吸引到学报上发表，使 CUJA 的质量有根本保证，提高其商品价值。从现在起 CUJA 的全体同仁们必须建立和强化商品意识，它对于 CUJA 在 DIALOG 数据库中持续存在和发展有着决定意义。

六、国家荣誉意识

CUJA 是外向型数据库，是我国外向型数据库中第一个走向世界的，它带着中华人民共和国的标志向世界宣告了零的突破，标志着我国改革开放政策在外向型数据库建设中所取得的成就，是一个新的起点。今后，仍有漫长而艰巨的旅程，CUJA 数据库全体成员必须建立和强化国家荣誉意识，把这一事业持久、稳定地发展下去。进入 DIALOG 毕竟只是一个开始，要在 DIALOG 数据库中站住脚，并不断扩大地盘，在全世界用户面前建立起信誉，绝非易事，必须花大力气做艰苦细致的工作。我们应当看到前方的路途并不平坦，未来充满了曲折，来自技术的问题相对来说容易解决，关键是防止 CUJA 系统力量内耗可能导致的质量不稳定。

提出防止内耗是不是有点杞人忧天？不，内耗是个现实问题。早在 1986 年 CUJA 磁带样带通过鉴定时就有过种种议论，由于 CUJA 磁带是一个大规模的协作科研课题，自然就提出了成果是谁的，版权属于谁这一问题。而这个问题曾经影响了一些地区和学校的积极性。此后，建立 CUJA 委员会，成立 CUJA 建设与发展小组和 CUJA 中心，由国家教委科技司和教材图书情报管理办公室两个司级机构主管这一应用开发课题，但 CUJA 的未来效益分配，各校的投资何时能转化为收益，参加协作的单位的权利与义务等，至今尚未确定下来，这些都可能产生内耗，到一定时候有可能膨胀，使 CUJA

本身出现较大的波动而影响在 DIALOG 的信誉。为了防止出现以上问题，必须在 CUJA 成员中树立和强化国家荣誉意识，在 CUJA 的发展和对外交往中，必须确立国家荣誉高于一切的观念，单位或地区的利益必须置于国家利益之下，团结一致维护国家荣誉。与此同时，应积极研究制定 CUJA 数据库的有关方针政策，应准确确定 CUJA 数据库的归口位置、中心与成员的权利和义务、投资与效益分配、集资办法等，这一切必须用文件的形式固定下来。事关国际信誉，不宜再拖，已经到了非解决不可的时候了。

“强化质量意识”在流转、渗透、穿越

“梦境”自奋蹄

耄耋之年学上网，孙儿当老师。一次误击，笔者发现自己 20 多年前的一篇论文在网络上流转，自己却全然不知。像是梦境，又不是做梦。

论文名为“强化 CUJA 数据库的质量意识”，以下简称《强质》。CUJA 是“中国高校学报文献数据库”的简称，它

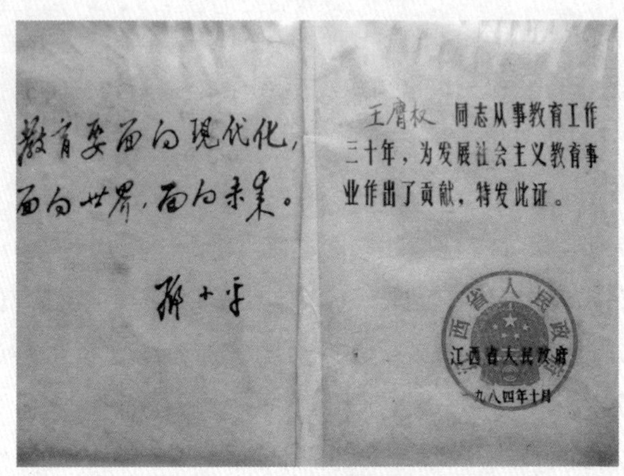
教育要面向现代化，面向世界，面向未来。

邓小平

王膺权 同志从事教育工作三十年，为发展社会主义教育事业作出了贡献，特发此证。

江西省人民政府

一九八四年十月

的收录范围为全国高校学报自然科学版文章。CUJA 课题是由清华大学牵头、国家教委立项、全国高校自愿协作的群体性课题，是我国建设的第一个外向型数据库，为美国最大的情报检索系统 DIALOG 公司所接受。其后发展成为 “中国科学技术期刊（光盘版）”。CUJA 阶段成果曾获国家科技情报成果奖三等奖。

《强质》成文于 1990 年 5 月之前，当时在成都首届 CUJA 系统学术讨论会上交流，后发表于《上海机械学院学报》1991 年增 2 期（1991 年 9 月）。

蹄印行踪

笔者发现该文是在百度网上，时间为 2011 年 12 月底。这个时间节点非常重要，可认定 “时不再来”。笔者据近年观察，认识到一篇文章的搜索，条目文章题目、年份和期号是不变的，但简略提要是可变的；如果编入一页（10 篇为页），不同时段其编排顺序是可变的；如果一组关键词搜索出几十页相关条目，不同时间段编排顺序跳转是很大的，有的新面孔出现了，有的老面孔不见了。笔者搜索到76 页（760 条目）后，网页上出现提示："限于网页篇幅，部分结果未予显示。"因而领悟到同类新的文章条目陆续收录其中，旧的文章条目陆续排除在外，形成了新陈代谢的循环。笔者称之为"定容流转"。这就是前面强调的下载时间节点"时不再来"的特殊意义。

下面说说《强质》一文的搜索情况。

第一组，关键词用"王膺权 学报"两个词，结果出现76 页，计760 条目，其后便是"定容流转"了。这760 条目全在笔者名下，但属于《强质》一文的实有647 项条目。

第二组，关键词用"王膺 学报"两个词，结果同样出现76 页，计760 条目。其中，非《强质》一文条目162 项，其内还杂有不少谐音字条目。《强质》文条目只有598 项，比前者（第一组）少。这引起了笔者的很大怀疑，是否有重复？

笔者认为有必要弄个水落石出。为此，将第一组条目全部分类登记，然后拿第二组条目下载打印件与之对比排查。结果第二组条目完全包容于第一组条目之中，是完全重复的。这浪费了笔者很大的精力，虚夸了《强质》一文被引用次数，极大地误导了作者、读者和广大网民。

流　转

由于“定容流转”，笔者搜索有头无尾，故而不可能是全部。其中，搜索学报约为100家，其时间段为20世纪90年代，约占70%；21世纪前10年，约占30%。军医、警界学报在20世纪90年代已出现；进入21世纪后，党校、工商、安全方面学报相继出现。可见流转范围逐渐扩大。与此同时情报部门刊物大量涌现，如《现代情报》《情报理论与实践》均出现30多次。图书部门刊物随伴而行，如《大学图书馆学报》《图书馆建设》均出现10次以上。以上流转大量出现都在20世纪90年代。

笔者于20世纪80年代开始参与外向型数据库建设工作，情报界老师讲经典理论，要求情报“查全率”“查准率”，那时国内还没有大型机检数据库出现。30多年后的今天，国内外诞生了许多大型机检数据库，出现了“定容流转”的库容局面，彻底颠覆了情报界的经典理论，查全、查准只能是相对的。

从20世纪90年代后半期到21世纪前10年以来，引用《强质》一文的刊物越来越多，发展很快，学报相对反而少了。

渗　透

渗透的主轴是“情报”两个字，不论什么刊物所载的文章，多数涉及情报工作。航空、船舶、兵器工业、环境、矿业、石油、化工、保健、医疗等，可以说渗透面极广。甚至于抗日敌后情报、白宫有关情报等均有论文。超出情报范畴，“强化质量意识”已渗透到文学探究、杂谈等广泛的文科领域。

情报渗透过程中一个集中的问题出现了，即“数据库建设”，共有53家刊物刊登了此类文章。数据库建设大致分两类：一类为情报、图书数据库；另一类为专业数据库。无论哪一类数据库，基本都是条条管控，为本行业的内部系统服务的，与别的行业没有联系，根本没有横向交流，跨学科综合效益是不存在的。这种模式对我国科技发展和创新不利。

《强质》一文的核心是6个字，即“强化质量意识”。将此6个字直接选入文章题目的共4篇文章。此外，将“商品意识”直接选入文章题目的也有4篇文章；将“群体意识”直接选入文章题目的有8篇文章。后二者均是《强质》一文的核心理念。

上述现象说明多数作者引文时并未读《强质》全文。至于“商品意识”“群体意识”很大程度上与《强质》一文的内容不谋而合，可能《强质》原文发行、收藏较少，难以读到，故而渗透乏力。

《强质》一文的内涵有6根支柱，除了“商品意识”“群体意识”外，还有4根支柱，即“主体意识”“一体化意识”“科学意识”和“国家荣誉意识”。均未见诸论述，这反证了读《强质》原文的作者少。这就是《强质》一文渗透力不足的根本原因。

穿越

穿越这里是指穿越历史时空。以1982年参加外向型数据库建设为起点,《强质》一文从酝酿到成文面世，经历了九年时间。此历史时期是改革开放初始阶段，是一个较为动荡的年代，大环境中对“建立特区”和“引进外资”的性质出现了很大争论，后来才有1992年邓小平同志南行，在深圳题词，一锤定音。CUJA数据库就是在这样的特定环境下建设的,《强质》一文总结了全国学报界同仁用心血凝成的经验，由笔者成文。笔者还得益于解放战争年代参军，接受过革命熏陶，笃信科学，接受了唯物史观，用历史唯物主义、辩证唯物主义分析认识问题，才有了《强质》一文的孕育。例如，课题既是大协作性质，是集体主义性质，又考虑到要发挥每位成员的个体潜能，故提出“群体意识”；又如数据库被DIALOG接纳之前必须符合它的条件，必须成为服务的商品，因而提出“商品意识”。存在决定意识，实事求是必定出成绩。追溯历史，1992年党的“十四大”后，经过一段时间确立了社会主义市场经济，“商品经济”方为社会普遍接受。《强质》一文面世后的20年间，在流转、渗透中逐步展示了自身的动力。究其根源，应是符合“科学技术是第一生产力”“三个代表”和“科学发展观”的精神。

再认知

（1）“定容流转”使检索文献不可能查得很全、很准。情报界应考虑接受 “相对查全率”“相对查准率”的事实。

（2）研究生（硕士、博士）入学后查文献、写综述，应同样用 “相对查全率”“相对查准率”。时限三年为妥。至于原始文献、阶段重大成果文献，宜少而精。个别冷门学科，应不受此限。

（3）鉴于计算机输入汉字多用拼音，它只识谐音字，不能辨字形，易造成使用者不能正确书写某些汉字或提笔忘字的后果，不利于巩固发扬汉字文化。因此，笔者建议在九年制义务教育中，计算机教育采用 “五笔字型法”。

（4）鉴于目前出现的各种数据库受行业管控，实用性虽强，但服务面很窄，缺失学科横向交流的问题，建议创建 “百科全书式”的百科数据库，收录各科创新成果。

CUJA 推动我国主题词表的应用

CUJA 数据库开始研发是在 1982 年底，比国外大型数据库建设大约晚了20 年。

当20 世纪60 年代国外计算机微型化后，情报界首先将其应用于科学文献的管理，配有规范化的检索词。通用名称为 “关键词”，规范化的检索词称作 “主题词”，非规范化的检索词称作 “自由词”。由于主题词分类管理文献更容易查准、查全，为国外情报界所独钟，故各行各业建立数据库的同时均编制了本行业的主题词表，此后陆续翻译传入国内，形成了我国使用的各种词表。

CUJA 面临的技术瓶颈就是如何选择主题词表。一开始尝试使用多词表制，按行业选择各行各业的主题词表，但实行起来困难很多，特别是跨学科的文章选择主题词名称不一，概念常有分歧。经过几次论证，发现国内有一部《汉语主题词表》较为适用，故最终选择了该词表为主要词表之一。

当时，科技发展如何跟上国际水平始终是周恩来总理关注的问题之一。20 世纪60 年代初是国外计算机微型化发展的蓬勃时期，而我国正值“文化大革命”时期。周总理预见未来国家建设需要，集中保护了一大批 “靠边站”的各行各业专家，指示编撰一部《汉语主题词表》以备未来使用，故该词表涵盖专业广泛、精准，具有权威性。这些举措足见周总理的远见卓识。

CUJA 选定了双词表制，即《汉语主题词表》和美国编制的《医学主题词表》(MeSH)。MeSH 是世界医学界的权威词表，由于《汉语主题词表》的医学部分非常不足，故除了 MeSH 别无选择。

CUJA 在国家教委正式立项是在1983 年，其攻坚部分是如何使用主题词表，特别是 MeSH。当时，清华大学举办了若干次学习班，请中国医学情报研究所的老师讲解使用 MeSH，笔者参加了学习班。1984 年，在南京医学院笔者再次当学员，是带着学习中的问题参加的。学报编辑普遍感到情报界用的是美国 Index 沿用的一套 MeSH 标引方法，烦琐复杂，希望在不违背原规则程序下创建自己的适用方法。大约用了两年时间解决了这一问题。这两年是使用 MeSH 攻坚的两年，是学报编辑界创新的两年。

笔者进入 CUJA 课题组时属于年龄偏大的学员，1982 年时已是53 岁了，作为资深的教师、医师，深感责任重大，业余时间潜心钻研，先后撰写了介绍 MeSH 的三篇文章，发表在《江西医学院学报》上。不久，这些文章被《中华医学杂志》发现，笔者开始应邀交往。据该杂志社介绍，自1985 年开始学习推广 MeSH 标引，请的老师一直是中国医学情报研究所的，所属编辑人员学习难度大，始终开展不起来。看到笔者发表的文章，开拓了思路，愿与笔者交流经验。接着就具体文章讨论 MeSH 标引，他们感到笔者的思维与方法快捷，标引准确，进而邀请笔者去讲学，介绍经验，对难点文章具体指导标引，到1987 年该社所属系列医学杂志均实现了 MeSH 主题词标引，从而带动了全国医学杂志实现 MeSH 主题词规范化标引。

1987 年后笔者在阅读中央文件时，发现有些文件尾页标引了主题词，可见国家文件也出现了主题词管理。

1982 年 CUJA 数据库，1985 年中华医学系列杂志，1987 年国家中央文件管理，从陆续使用主题词的这个顺序，可以说在20 世纪80 年代，CUJA 数据库建设使用主题词标引是一面旗帜，推动了我国各种数据库的建设，这一时期也是我国科学化管理的跃进时期。

主题词的对立面是自由词，自由词无固定的词表，作者随意而立，编辑认定即可。这是一种无序行为，情报专业工作者无从认可。20 世纪80 年代江西医学院相关专业陆续被批准招收硕士研究生。研究生经过预科学习后进入各专业，导师给出选题方向，研究生首先是查阅文献，很快就选出几十篇甚至上百篇文献。老教授们纳闷，研究生用什么方法在短时间内查阅到这么多文献？有的还是闻所未闻的跨学科重要文献。老教授们私下到图书馆情报部门探究，才知道是通过计算机用主题词查阅实现的。这种知识结构倒挂是特定历史现象，即专业上导师是师长，查阅文献上研究生反成了“导师”。老教授们开始推崇主题词表并积极学习。国外大型数据库多坚持主题词制度。由此，自由词的泛滥必将使我国科技的发展迟滞。

最后说一说，笔者与中华医学杂志社保持密切联系约四年，前两年帮助开展 MeSH 标引工作，后两年承担完成了一项软课题，即对《中华医学杂志》1988 年全年 12 期杂志出版后重新用 MeSH 复标分析，也就是出版一期寄来一份，笔者重新写出标引材料后寄回，用客观数据指出存在的问题，用于改进工作。《中华医学杂志》是我国首席医学杂志，于1990年第7期发表了笔者《试论医学期刊主题词标引》的论文，并加了“编者按”，将笔者推向了MeSH标引领头羊的位置。该论文发表后获全国高等学校自然科学学报系统优秀编辑学论著一等奖。

中华医学杂志
ZHONGHUA YIXUE ZAZHI
NATIONAL MEDICAL JOURNAL OF CHINA
1990年 第7期　　第70卷 第7期
·读者·作者·编者·
试论医学期刊主题词标引
——复核1988年《中华医学杂志》全卷关键词的启示
王膺权
CN 11-2137/R

《中华医学杂志》1990年第7期刊发论文及“编者按”

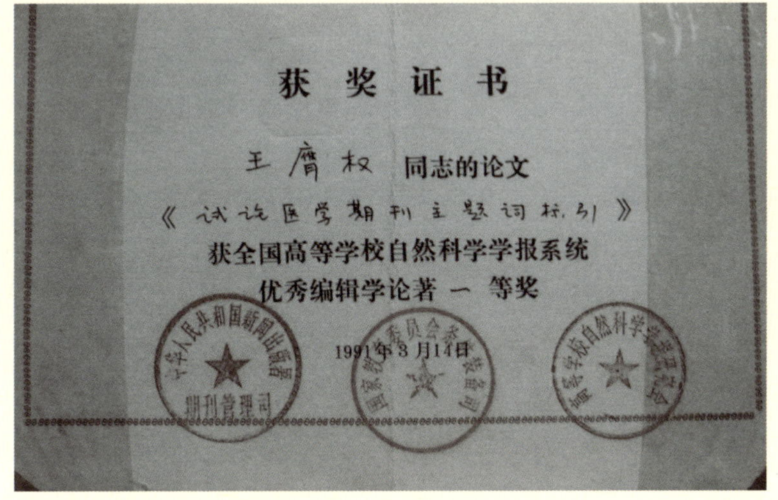
获 奖 证 书
王膺权 同志的论文
《试论医学期刊主题词标引》
获全国高等学校自然科学学报系统
优秀编辑学论著 一 等奖
1991年3月14日

论文获奖证书

⊙ 一般而言，微型计算机的应用在国外始于20世纪60年代，而在我国则始于20世纪80年代改革开放后，实际差距不小于20年。

⊙ 国内对计算机网络应用的敏感触觉始于大学图书情报界，因为当时国内技术文献无法直接进入国际相关数据库，于是催发了CUJA等一批外向型数据库的建设。

⊙ 一路领先的CUJA数据库用了10年时间，不仅追上了与国际水平20年的差距，而且以10年的奋进跨越追平30年，至20世纪90年代与国际水平接轨。

⊙ 国外学者曾预言计算机只能应用英语等拼音文字，汉字不可能进入电脑，然而我国出现了一批推动汉字进入电脑的发明家，如王永民、倪光南等。

⊙ 汉字排版印刷不能通过计算机实现，这同样是国外一些学者的断言。然而，以王选教授为首的科研人员，成功研制汉字激光照排技术，被公认为毕昇发明活字印刷术后中国印刷技术的第二次革命。

⊙ CUJA数据库建设是中国计算机和网络技术发展史诗中的一声号角，掀开了我国数字化革命的帷幕，为我国科技发展的网络化基础贡献了力量。

——作者补记

第五编

往昔峥嵘

大境门烽火 清水河岁月[①]

时间的镜头缓缓切回到1937—1945年，那是一段永难忘怀的岁月。

日寇铁蹄下的八年

河北省张家口市当时是日寇侵华期间建立的傀儡政府的所在地。我当时就读于位于桥西区西驼号的张家口市立第三小学，整个小学生涯都是在敌人铁蹄下度过的。那时作为小学生，只知仇恨日本人，但不知其所以然。在校不愿读日本史，不愿学日语，跟结伴的小朋友在一起时就小声念道："红坨坨、白边边（指日本旗），小日本待不了几天天。"这首不知道从哪儿传来的顺口溜，只能在少数熟悉的小朋友间流传。

那时堡子里的南街住着很多日本人，中国人从那里经过时都行色匆匆，不敢久留。一天下午，我独自一人怀着紧张的心情路过南街，突然窜出一条黄色大狼狗，扑过来咬我，我赶紧

① 本文是应河北省张家口市文化广电新闻出版局之约，为"第二延安"——张家口特定历史时期写的回忆资料。

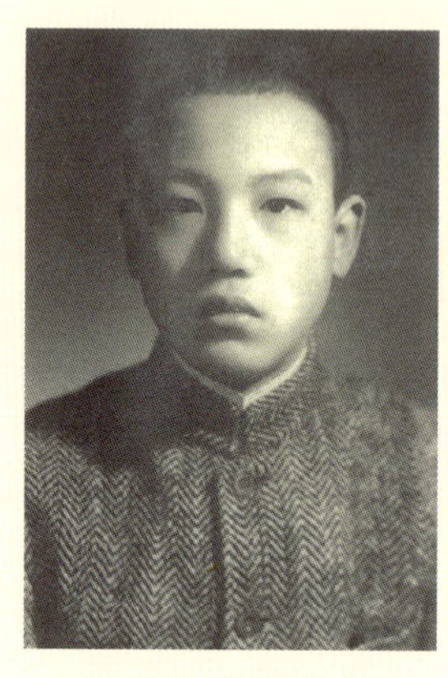
初中时代的笔者

跑，但还是被狗咬住了小腿，裤子也被咬破了，我拖着鲜血淋漓的伤腿跑回了家。这种血淋淋的记忆永远烙在了心头。

小学毕业后，我到北平（北京）读中学，考入了北平东城外交部街的私立大同中学。这所中学不设日语课，初中开英语课，感觉很新鲜。北平称华北自治政府，但仍然是日伪统治。一次，在从西单开往东单的叮当电车上，非常拥挤，我突然感到肩上挨了重重一击，同时伴随一声“八格牙路”（日语“混蛋”的意思）的骂声。回头看见一个日本装束的中年人，我赶紧躲开。这记重拳击醒了我，不管当时是叫什么政府，我们仍然生活在日寇铁蹄下。

在大同中学住校时，条件很简陋。那时都是吃食堂，八个人一桌，一日三餐，均吃棒子面或杂合面做的窝窝头。杂合面是一种各种杂粮的陈粮混合磨成的粉，夹杂着霉味，恐怕还不如现在的牲畜饲料。早餐是棒子面或杂合面糊糊，中餐和晚餐是同样材质的窝窝头，菜是咸菜和大白菜煮汤。偶尔吃一次馒头也是黑面馒头。

日寇铁蹄下的中国老百姓，普遍笼罩在无助、无奈、愤怒的情绪下。

时间镜头拉到1945年7—10月，正值暑假，我由北平回到张家口家中，那时正值日寇投降前后……

避祸

那段时间，物价飞涨，谣言四起，老百姓处于焦躁难安的恐慌之中。我家也不例外，全家终日提心吊胆，惶惶不安。家人的担心集中在我身上，担心我被日寇抓兵、抓夫。

我家住在张家口桥西区草厂巷十五号院，房屋背后为深沟（俗称，现为新华后街分岔口），是一农贸市场，是常年农民赶集、市民买卖的交易场所，终日人声鼎沸。一天中午我们正在吃饭，忽然听到很大的飞机引擎声，我端着饭碗跑到院中看，飞机飞得很低，越来越低，突然丢下两颗黑色东西（炸弹），接着两声巨响，家中窗户震得哗哗响。我丢下饭碗跑过去看，穿过刘家大门（一个很窄的巷子）到了深沟，农贸市场已是一片狼藉，乌烟瘴气，我看到墙壁上、电线杆上鲜血淋漓，立刻腿软头蒙了，转身慢慢走回去，一路还要扶着墙。一家人心情都很不好，我们想日本人乱扔炸弹一定是战事不利。

次日，父亲通过关系送我到电影院去帮工，以证明是有工作的人，避免日本人抓兵、抓夫。这家电影院是日本人设计建造的现代化剧院，坐落在清河桥东侧，叫“××会堂”，专为开会或演剧、放映电影用。

再过几天，听说日本人战败投降了，在张家口市北通往张北县的狼窝沟那里，5万日军全军覆没。有两个迹象能够说明日军战败是真的，一是那两天东山坡日军仓库被打开了，胆大的市民去抢，他们扛着白面、大米、布匹，匆匆在街上跑过；二是我去电影院上班，路过清河桥时，原先站岗的日本兵不见了，用不着给 “坟头” 敬礼了。“坟头” 是指立在河中的日本纪念塔，据说是为日本天皇的弟弟修的，他坐飞机时摔死在这条河里。

后来，听说苏蒙联军进入张家口市了。我中午下班回家吃饭，果然在边路街（新华街）与武城街连接处，看到几辆军用卡车，上面站着穿黄军装的大鼻子军人，手中拿着手表等工业品，与围观的群众比手画脚，叽里哇啦叫，意思是要换香烟和酒。这些士兵与围观的群众就像买卖的双方，气氛轻松。

新风、醒风

不久，听说八路军进入市区了，抢日军仓库的乱象早已不见，苏蒙联军也看不见了，街上秩序好了很多，但是我也没有见过八路军是什么样子，可能是由于自己每天上班匆忙，在街上少有逗留之故。

很快我就遇到了八路军战士。一天上班途中，我遇上了八路军宣传队，前面的打着红旗，跟着是一群小女孩穿着新的草绿色军装，前几排打着霸王鞭，后几排打着腰鼓，紧跟着穿军装的男男女女，扭着秧歌，很有节奏和规律，非常好看，吸引着大批群众围观。

此时，不远处有两辆大卡车，放下四周挡板，后车厢并排靠拢，支撑好后就成了一个简易的舞台，秧歌等停止后，舞台上开始演戏。剧目是《放下你的鞭子》《兄妹开荒》《小二黑结婚》等短剧，还穿插着唱抗战歌曲，有《游击队之歌》《我的家在东北松花江上》《黄水谣》等。

所有的八路军军人，无论年轻年长，都穿一样的军装，即灰土布"二尺半"上衣，打着黄裹腿，穿布鞋或草鞋。分不出谁是当官的，谁是当兵的，做事大家一起动手，只有少数扛枪的年轻战士在周围警戒站岗。

我有一种全新的感觉，感觉就像吹来了新风、醒风！

人民剧院被"打工"

遇到八路军宣传队的第二天，我在电影院上班时，来了一些八路军战士，宣布接收了电影院。我本来是去电影院临时帮忙的，电影院的"头头"并不认识我，八路军接收一事也与我无关。下午，一位40岁左右的八路军军人找我，他说自己是总务股长，名叫张德福。他告诉我电影院改名为"人民剧院"，留下两个检票员，其中一个就是我。检票员不穿军装，属为人民服务的职工。后来还告诉我工资为小米，每月120斤，当时物价飞涨，故工资以小米价折算。还给我定做了一套蓝色工人装以示身份。从此我就在人民剧院"打工"了。

我的职责是把守好大门，做好收票工作。上午、下午、晚上都要上班，多数晚上有演出，演出结束，清场后才能回家。夜晚，剧院主要是张德福股长和几个军人驻守。

白天不演出，但舞台并没有闲着。很多穿军装的人员来此排戏，集体进出。我发现曾在街上打霸王鞭、打腰鼓、扭秧歌的演员都在其内。排戏的喧闹声使我好奇，所以并不感到寂寞。排戏开始后，剧院门关闭，拒绝闲杂人员入内，来访者引入总务股。多数时间里，我总是倚在二门看演员们排戏。晚上正式演出开始时，大门关闭，我便站在二门看戏，同时照看大门，接待少数进出人员。因此，我熟悉了剧社很多演员的面孔，但那时跟他们并没有什么当面交流。

看得最多的戏是《白毛女》，从排练、彩排到正式演出，都给我留下了极其深刻的记忆。演黄世仁的是华北联大的学生陈强，是剧社借调的演员。演白毛女的三个女演员是王昆、孟孟和陈某某（具体名字记不清了）。我之所以记住了她们的名字，还有这么一件轶事。某次，演至白毛女受地主糟蹋急速冲下台时，白毛女演员不幸眼眶撞到后台八仙桌的一角，顿时受伤昏倒。主持人宣布中场休息，大约20分钟后另换演员以继续演出。这是一次舞台调度的典型事件。由此，我明白了舞台剧的主要角色必须要有备份人选。

观众主要是成建制的八路军，看演出的目的是提高阶级觉悟。战士们有时是荷枪来的，枪中的子弹全部退出，看样子是从前线下来看戏的。观众中有时也有地方干部和市民。

每一个剧目上演均持续若干日。除演出话剧外，有时也演出大合唱、诗朗诵等。记得有一次还来了京剧团，是某解放区来的，演出《李自成》，内容是从闯王进京到内讧、失败，这个剧目同样持续了多日。

戏码头

张家口地处要冲，自古为燕赵的门户，为历代兵家必争之地。这里平时为南北货物集散地，东西商贾云集，因此自然形成了较为强烈的文化需求。其中，就有老百姓喜闻乐见的文化活动——唱大戏。

晋剧在张家口市流传很久，这可能是由晋商引进的，在武城街、边路街（新华街）一带，多为晋商所盘踞。在桥西区，大部分市民都是晋剧迷。晋剧团沿晋北大同到张家口铁路线流动，沿途各县农村唱大戏都是晋剧。晋剧又分“北路梆子”“中路梆子”和“南路梆子”（蒲剧）几种，张家口居民偏爱的就是“中路梆子”，其唱腔清脆、高亢、响亮，锣鼓、胡琴等乐器节奏感强，声韵辅助恰当而不杂乱，颇有些京剧的气魄，我所看过的名角有丁果仙、牛桂英、水上漂等，还有与我年龄相仿的演员郭兰英等。在桥西区南营坊，有一个棚子剧院，为晋剧演出码头。比较奇怪的是，张家口属河北省，但河北梆子在此并不流行。

在张家口市，比较流行的另一个剧种是京剧，桥东区怡安街有一所京剧院，名“庆丰剧院”。该剧院是当地最大的戏院，周边上下两层，座位为条桌和条凳。桌面很窄，仅能放茶杯、瓜子、香烟等。小贩穿插叫卖，观众抽烟、嗑瓜子、大声叫好，环境较为杂乱喧嚣。本地平时有一个京剧团演出，也常与来走穴的名角合作演出。大的京剧团来演出时，地方剧团一般停演。桥东区商贾多来自京、津、冀，历史上不断迁移定居，故促进了京剧的繁荣，久而久之京剧码头形成。

桥东区东河沿街还有一个规模较小的平房式剧院，类似于京剧院，也叫评剧院，实际上是一家多功能剧院。来自天津、唐山一带的评剧团常在此演出。有时外地来的二三流京剧团也在此演出。无剧团演出时也放映电影。小时候初到张家口，随家人去看电影，就在这里，记得上映过一部电影是黑白无声片，片名是“火烧红莲寺”。那时候年纪小，感到很奇特，怎么会有真人在幕布上活动呢？

此外，还有前文提到的清河桥东侧日本人盖的现代化剧院，实际上称为电影院，后来又成了人民剧院。

以上四家剧院极大地丰富和满足了民间的精神文化需求，因此，当时演艺界称张家口为“戏码头”。

郭 兰 英

大约在1945年春节后，郭兰英来张家口市演出晋剧，享誉颇高，丰富了市民的业余文化生活。中华人民共和国成立后，郭兰英转型为歌剧演员、女高音歌唱家，取得了很高的艺术成就。就当时而言，她的晋剧表演艺术是深受广大群众喜爱的。当然，在张家口，她不过是一段特定历史时期内晋剧舞台上的“过客”。

我曾多次近距离观察过郭兰英。一次有人带我到台上蹭戏看，站在“龙口”后面。“龙口”是乐队的尊称，在台上右侧。传说唐明皇喜爱戏剧，亲自打小鼓，以小鼓指挥乐队演奏，那时打小鼓的说白了就是乐队指挥，唐明皇曾在那儿坐过，故旧戏班里俗称“龙口”。那次郭兰英演《白蛇传》中的白蛇，身段唱腔均非常优美，尽管那时她还是年轻演员，但演戏很认真。当然，由于戏曲的舞台化妆效果，故难识她本来面目。

我在人民剧院打工期间，某日，郭兰英来观摩演出，其继母寸步不离跟着，还带着跟班。此后她又来过几次，有时只是在门口一瞥而过，有时白天她偕同田华等青年演员一块来看剧社排戏，青春时代的她，身材窈窕，有着少女的柔美。后来听说八路军由张家口撤退时，她跟着一起走进了解放区。

这里多说几句，时间镜头切至2012年，电视剧《郭兰英》播出，我认真看了。这部12集的音乐电视连续剧，只能说是大致记录了她的生平经历，从某种程度上说，剧作者还是缺乏那个时代的生活积累和挖掘，致使剧情缺乏感染力。譬如说旧戏班学戏叫“打戏”，所谓不打不成才，她从小学戏过程中的辛酸苦痛，旧社会的水深火热，后来日寇统治下的压抑悲愤，以及接触八路军后的人格自由感，艺术创新与突破，到后来转型歌剧过程中的艺术创作，受到的关怀与鼓舞等，所有这些新旧社会两重天的触动心灵的感受不可谓不深，可惜剧本都寥寥几笔带过。还有电视剧对张家口晋剧院的情景再现不够真实，没有表现出人们在日寇统治下的不安与恐惧，郭兰英在演出过程中受底层社会戏迷的爱戴，剧中也缺乏真情交流。这段历史中各种矛盾的交集，本应有足够的描述和体现，可惜剧情却缺失了，这不能不说是一种遗憾。

张德福股长

张德福股长，前文已有提及，他是一位和蔼可亲的军人，在那段特殊的人生经历中给我留下了深刻印象。那时我少不更事，不懂得和他交流。我从来没有见他发过脾气，布置工作、交代任务总是和颜悦色，但态度非常认真。他知道我忙里偷闲看排剧、看演出，但从未批评过。他当时是负责管理人民剧院的股长，在工作中勤勤恳恳、任劳任怨，有时甚至会感觉他不是军人，而是我的长辈。

有一天，他突然问我："你想不想参加八路军？"我毫不犹豫地回答："我想继续完成自己的学业。"沉默少许后，他说："好吧。"当时，正值国共两党重庆谈判开始，张家口与北平之间的军事封锁解封了，允许老百姓往来。我乘机向张股长提出辞职，准备回北平复学，他毫不犹豫地点了头。

回到北平复学，眼见美军暴行，国军扰民，接收大员发国难财，物价飞涨，民不聊生，我过得非常压抑。1949年年初北平和平解放，不久我毅然放弃学业，参加了中国人民解放军。可以说，人民剧院的工作经历决定了我的人生走向。

1956年，笔者28岁，时任江西省军区军事医学侦察组组长，在江西省鹰潭镇执行任务

张股长有过两次家访。一次是我在人民剧院工作期间，一天下班母亲说有位军人来家里坐了好久，是和我一个单位的，大家谈得很融洽。母亲说他是个好人，我并不在意。另一次是1957年，我从部队请假回家探亲，母亲突然想起了一件事，她说新中国成立后不久，那个军人又来到我家，问："王膺权在哪儿？"母亲说："参加解放军了。"他会心地笑了。那时，距离告别张股长已经12年了，我好像悟出了一些什么，这是一位老革命军人对年轻人的关怀与引导，不是吗？想起自人民剧院辞职的那一刻起，竟再无交集，可他的形象越来越高大，永远伴随着我。

时间镜头切回至2013年……

尾 声

现在，我已是耄耋老人了，我们那一代人的梦想就是强国强民，不被洋人欺侮。我们那一代人在青年时期，多数怀着“好男儿志在四方”的豪情壮志走向社会，去实现人生价值。

可现在是怎么了？年轻人行必“北上广”，言必“高富帅”，往大都市挤，向往着高工资、汽车、高楼，最不济也能当个“啃老族”，不以为耻。这种人多了，能强国吗？

不要怪年轻人，不要责难他们忘记了什么。他们不知道祖国历史的辛酸苦难，即使读过点历史，可能也只是耳旁风，吹吹而已。没有切肤之痛，忘记过去是容易的。

要问我们自己老一辈人忘记了什么，向后代传承了什么，教育了什么，“啃老族”不是在溺爱中逐步养成的吗？人要生存，弱点就是“私心”。如果不注意引导，就会让人围绕以“私心”为中心，“利益”为半径的圆运转，像滚雪球一样越滚越大，必然给家庭和社会酿出苦酒。

俗话说，“创业容易守业难”，这说明了一个事实，人自己在变。盛与衰，创业与败业，总是在循环往复。要研究、思考自己是怎么变的，才能防变。防变不能停下来，要传承，要代代警惕！

现在提倡中国梦，就是在吹新风，吹醒风，希望越吹越大，涤荡歪风。

十年回顾——华东编协发展历程

华东编协的全称为华东地区高等院校自然科学学报编辑协会，于1982年9月在泉城济南诞生。

历史进入20世纪70年代末，中国大地上发生了继往开来的巨变，全国工作重点转到经济工作上来以后，给教育、文化、科学技术带来了春天。肩负着教学和科研两大任务的高校界沸腾了，高校学报作为一个“窗口”展示了这一蓬勃的景观。社会科学学报参加了“实践是检验真理的唯一标准”的讨论，加入了破除迷信、解放思想的宣传报道行列，从各个角度为制定改革开放政策探讨了理论问题。伴随着这些热烈的活动，社会科学学报工作者展开了横向交流，1980年首先在华东地区倡议并召开了社会科学学报工作座谈会，并形成一年一度的会议制，教育部批转了相应的座谈会纪要。这一切极大地鼓舞了广大学报工作者。

在20世纪80年代初社会科学学报发展时期，自然科学学报基本上处于封闭状态，大多数高校将自然科学学报置于科研处（或教务处）内编排，实际上处于“汇编”状态。显然，这种现状远不能适应科学技术改革发展的需要。受社会科学学报大好形势的激发，广大自然科学学报工作者迫切需要认识自身存在的价值，需要在改革开放中确定自己的位置，需要在面向现代化、面向世界、面向未来的事业中充分发挥自己的作用。而这一切都必须冲破自然科学学报封闭的格局，在横向交流中去寻找答案，于是一批有识之士涌现在这股巨大的潜流前端，为华东编协的孕育与催生奔走倡导。

古城合肥地处华东腹地，高校林立，1981 年11 月借文科学报召开座谈会之机，应邀与会的9 位自然科学学报代表推举中国科学技术大学江建名同志着手筹办华东地区自然科学学报座谈会，经过酝酿协商，又邀请合肥工业大学学报宋权等同志参加，并议定筹办联络点设在合肥工业大学学报编辑部。1981 年12 月14 日，中国科学技术大学、合肥工业大学、安徽工学院、安徽农学院、安徽医学院、蚌埠医学院、福建师范大学、淮北煤炭师范学院、山东师范大学、扬州师范学院10 家学报编辑部联合发出《关于召开华东地区高等学校理科学报座谈会的倡议书》，接着又邀请山东大学自然科学学报编辑部参与进来，发起倡议的学报编辑部增加至11 家。向全区高校自然科学学报工作者发出了邀请函后，短时间内响应的有70 余家学报。为争取领导支持，宋权、汪政伯专程赴京向教育部汇报。教育部科技局认为，仿效社会科学座谈会模式，召开自然科学学报工作者座谈会适应改革开放发展的需要，是适时的，很有必要。

至1982 年上半年，已有94 家学报响应并报名参加了座谈会，倡议者们认为正式组建筹委会的时机已经成熟，并于1982年6月1—3日在合肥举行华东地区部分院校自然科学学报工作者座谈会。出席会议的有叶云棠（上海交通大学）、马文瑜（同济大学）、白辅中（华东水利学院）、邱兆章（扬州师范学院）、董川东（杭州大学）、郑福寿（厦门大学）、郑钦贵（福建师范学院）、徐瑜（山东海洋学院）、台旭（山东工学院）、单成耀（山东工学院）、董培林（江西农业大学）、吴大选（景德镇陶瓷学院）、宋权（合肥工业大学）、席庆义（合肥工业大学）、江建名（中国科学技术大学）、黄冰（安徽工学院）、陆艾五（安徽农学院）、孙君健（安徽医学院）、汪政伯（蚌埠医学院）、丘进（淮北煤炭师范学院），共18所院校的20名学报工作者，并以此为基础，正式成立了华东地区高等院校自然科学学报座谈会筹备组。经过认真周密的讨论，会议推举由宋权任筹备组组长，马文瑜、郑福寿、白辅中、董川东、单成耀、董培林任副组长，汪政伯任秘书长。决定：①于1982年9月在济南召开座谈会，推举山东工学院联合山东有关院校做东道主；②对会议内容、日程、经费做了初步安排；③对会议内容文件起草工作做了明确分工。

此后，筹备工作犹如百川汇流，一日千里，终于在1982年8月底在青岛市召开了第二次筹备会，审查了会议文件准备工作及各项会务工作。鉴于要求出席会议的学报工作者很多，筹备组一致认为召开大型座谈会的时机已经成熟，做出了如下决定：

（1）立即在济南召开华东地区自然科学学报工作座谈会，由山东工学院、山东大学、山东师范大学、山东医学院、山东中医学院、山东海洋学院承担会务工作。

（2）研讨内容为学报的方针、性质、任务，学报编辑部的自身建设与编辑道德规范等。

（3）关于建立经常性活动机构的问题，建议有两种形式供代表讨论商定：

第一种：社会科学学报座谈会模式，即不拟章程，不建组织，松散结合，在各省轮流召开一年一度的座谈会。

第二种：按中国科协章程组建协会，制定章程，选举产生领导机构，严格组织程序，使之成为名副其实的群众性学术团体。

鉴于自然科学学报涉及学科广、跨度大，规范化、标准化程度要求高，一些学科更新快，需要研讨的工作与学术问题繁重，筹备组建议广大代表选择第二种模式组建协会。

泉城九月，垂柳犹绿，大明湖迎来了华东六省一市97所高校的112名自然科学学报工作者，还有应邀的来自全国其他地区11所高校的14位学报工作者。9月2日，筹备了近十个月的盛会终于在山东工学院开幕了，126名代表济济一堂，欢声笑语，打破了自然科学学报彼此隔绝的局面，翻开了学报工作者交流学习的新篇章。教育部科技局发来贺电，山东省文委、教育厅和部分高校领导出席了开幕式。宋权同志代表会议领导小组致开幕词并汇报了筹备工作，东道主代表山东工学院

1982年9月华东编协成立大会合影

梁松方院长致贺词，钟学恒（重庆大学）代表全国各大区学报界做了热情洋溢的发言。会议于9月8日胜利闭幕。会议期间正值中国共产党第十二次代表大会胜利召开，代表们认真学习了党的文件，深受鼓舞，感到座谈会顺应了历史发展，完全融于改革开放的潮流之中了。

此次会议的收获是丰富的：

（1）根据中国科学技术协会章程制定了《华东地区高等院校自然科学学报编辑协会章程》。章程规定了坚持党的领导，坚持马克思列宁主义、毛泽东思想，遵照有关方针政策开展编协工作。

（2）成立了华东地区高等院校自然科学学报编辑协会，根据协会章程选举产生了理事会和常务理事会，任期三年。

华东地区高等院校自然科学学报编辑协会第一届理事会主要成员

理事长：宋权

副理事长：马文瑜　董川东　王履康　王膺权　王亚明　单成耀

（3）围绕筹备期间所确定的座谈内容，代表们做了认真准备，积极参与讨论，大家深受教益。通过讨论，代表们明确了学报方针、性质与任务；对编辑部资源建设的内容与迫切性有了深刻的认识；讨论并草拟了编辑道德规范等；还初步提出了创立学报编辑学等专题学术问题。

（4）决定在华东编协范围内建立审稿协作网。

（5）关于组织发展问题，按章程登记和发展团体会员及个人会员，待全国性学报编辑协会成立时，华东编协参加并成为其地区性组织（即把推动建立全国性学报学术组织当作重要任务之一），同时要求各省、市尽快建立相应的分会。并将此任务写入编协章程。

第一届理事会第一次常务理事会决定，会后即派人赴教育部汇报会议情况，关于任期内具体工作留待汇报后再议。济南会议圆满成功，迈出了开创性的一步，自然科学学报界从此有了自己第一个跨省的地区性学术团体，在中国大地上深深扎下了根。

一、第一届（1982 年 9 月—1985 年 10 月）

华东编协诞生后立即赴北京汇报工作，积极认真地准备了会议文件与资料。宋权理事长与台旭、马文瑜、叶云棠三位同志，一行四人于 1982 年 10 月 5 日至 9 日在京向教育部科技局做了汇报。科技局黄仕琦局长认真听取了汇报，认为济南会议方向正确，成绩不错；详细询问了华东地区各家学报的基本情况；对“会议纪要（未定稿）”提出了具体修改意见，还连夜亲临住地看望代表并讨论了有关问题。此次赴京汇报之行，代表们感到非常温暖亲切，受到极大的鼓舞，编协同仁们闻讯也倍增开展工作的信心与决心。

（一）第一届第一年（1982 年 9 月—1983 年 10 月）

1982 年 12 月 15—17 日，华东编协在江苏省无锡市召开了第一届第二次常务理事会，这是一次务实的会议，华东编协的工作展开于此。赴京代表们传达了汇报情况，强烈地感染了理事们，会议进行得非常顺利，决议在一年内办如下实事：举办编辑基础知识培训班；继续编制好审稿协作录；出版《高等院校学报杂志介绍》《学报编辑通讯》，翻译英国学者 M. 奥康诺尔的著作《科技书刊的编辑工作》；举办医学专业学报以及农、林学报等编辑经验交流会。关于组织工作，按济南会议决议，增补台旭、席庆义、孙君健三位同志为常务理事；增设宣传组与财务组；团体会员交纳会费和严格执行财务制度；继续发展会员（已有团体会员99家）。尽快创造条件成立各省分会。

1. 华东编协诞生同时成立了浙江分会

1982年9月华东编协成立的同时，浙江省11所高校的代表们热情高涨，在济南会议结束前，经过民主协商立即成立了浙江分会。选举产生了理事会，朱洪柱当选为理事长，董川东为副理事长，楼观城为秘书长。

2. 开办编辑基础知识学习班

办学习班的目的是培养编协所属单位中从事学报工作不久的中青年同志。此项培训工作没有现成的教材，编协委托浙江、安徽、福建、山东四个分会组织专人撰写，经研究落实为“四讲”。随后，于1983年5月在厦门召开了审定教材和审查学习班的组织准备工作；接着于6月13日上海理事会（即编协上海分会筹委会）在上海市高教局召开了理事会议，讨论了学习班组织准备工作。

1983年8月3—16日，华东编协首届编辑基础知识学习班在上海同济大学开办。学习班是在上海市高教局的直接关怀下，由同济大学和上海交通大学联合主办的，编协马文瑜副理事长和叶云棠常务理事具体主持了学习班的工作。上海高教局余立副局长到会发言，同济大学副校长徐植信教授出席了开学仪式和结业典礼并发言。参加学习班的有44所高校的46名学报工作者，主要来自华东地区，还有新疆和第三军医大学的同行。除讲授前述“四讲”内容外，还聘请同济大学园林建筑专家陈从周教授和上海科技出版社有关专家举办了四个专题讲座，参观了商务印书馆和上海印刷厂等单位。学习班成功开办鼓舞了学报编辑界。华东和全国同行来函要求参加学习者日益增多，这一举措为培训学报编辑奠定了基础，积累了经验，无疑对巩固学报编辑队伍起了极大的促进作用。

3. 编印审稿协作录

编协成立伊始，在泉城就发起了一项很有意义的倡议，即建立华东高校自然科学学报审稿协作网，得到了各编辑部的热烈响应。编协委托浙江分会董川东副理事长负责此项工作。三个月内已有72所院校参加，随后即发展为77家学报（包括华东以外两家学报），定名“审稿协作录”，立即付印，短时间内即开始发挥效益。此为自然科学学报界最早的审稿协作网名录。

4. 出版高等院校学报杂志介绍书籍

为向全国介绍各院校学报和推动学报相互交流，编协决定于1983年10月出版一本《1984年高等院校学报杂志介绍》，并委托江西的王膺权副理事长负责。参加者有柳志慎和鲁期仪同志，由江西工业大学印刷厂承印，按时完成了编辑出版任务。介绍的学报遍及全国，计127家。此举扩大了各家学报在全国的影响，并为编协创收3 000元活动经费。

5. 创办会刊

为加强学术与情报交流，编协决定出版会刊，拟定名为“编辑工作通讯”，并于1982年12月20日出版了第一期，主要反映编协成立大会的盛况与刊登相关学术文章。在无锡会议上经常务理事认真讨论，将《编辑工作通讯》易名为《学报编辑通讯》，请本会顾问、同济大学陈从周教授题写了刊名。会刊为不定期交流赠阅刊物，力争每年四期。印刷和会费支持由各有关学校轮流负担。1983年6月中旬，在江西庐山召开了第一次编委会，席庆义主编，孙君健副主编主持了会议。《学报编辑通讯》努力宣传贯彻党的科技政策和“双百”方针，主要任务是探讨学报编辑工作中的理论问题和交流经验，介绍编辑业务知识，传播有关信息。此次会议还研究了当前报道的主要内容、编委职责以及有关事项。1983年共出三期（总2~4期）。

6. 翻译《科技书刊的编辑工作》

教育部科技局提供英国学者M.奥康诺尔的原著给编协，译名为“科技书刊的编辑工作”。编协委托奚尧生常务理事、王履康副理事长负责，前后有上海、福建、浙江、江苏、安徽、山东的13名同志参加了翻译，由福建中医学院承办印刷。在本书翻译过程中，发现已有人翻译出版此书，故改为内部交流版本。

7. 组织医学院校学报编辑经验交流会

1983年3月5日至8日，在苏州召开了医学院校学报编辑经验交流会，到会的有华东地区的高等医学院校22所、全国其他地区医学院校31所、军医大学4所、中华医学会编辑出版部等，共58个单位，76位代表。编协委托汪政伯秘书长主持会议，得到了东道主苏州医学院和中华医学会苏州分会的关怀与支持。会上有18个单位介绍了经验，对学报性质、稿件加工、编辑流程、规范化问题和学报的改革进行了分组讨论。中华医学会编辑出版部廖有谋副主任做了专题发言，还进行了医学科研论文统计与英文文稿书写的专业学习。会议决定成立华东地区高等医学院校学报规范化小组，由第二军医大学邹宜昌任组长，成员单位包括上海第一医学院、南京医学院、蚌埠医学院和山东医学院。议定今后一段时间内把规范化、标准化列为主要学术活动内容。

8. 组织农、林、水学报编辑经验交流会

编协委托朱洪柱常务理事在浙江召开农、林、水学报编辑经验交流会，后因农牧渔业部决定召开部分农业院校学报、情报工作座谈会，编协原定会议改为参加此次会议。会议于1983年4月在南京召开，南京农业大学承担了大量会务工作。朱洪柱在会上做了关于我国学报工作动态的发言，着重介绍了华东地区高等院校自然科学学报编辑协会等有关情况。

9. 宣传工作

中华人民共和国成立34周年之际，华东编协96所院校联合署名在《光明日报》上登载庆祝国庆节消息，占该报一半版面，是华东编协首次在报刊上与公众见面。

10. 分会信息

1983年1月16日，江西教育厅高教处主持了由江西医学院、江西农业大学等八所学校倡议召开的江西省自然科学学报工作座谈会，传达了华东编协成立的会议精神，反映了学报同仁的热切期望，为组建分会筹委会制造了舆论。1983 年6 月13 日，上海理事会（即上海分会）为承办编辑基础知识学习班，在上海市高教局召开了会议，除讨论学习班事宜外还讨论了上海理事会的活动问题，并推举上海交通大学叶云棠同志为召集人。

（二）第一届第二年（1983 年10 月—1984 年10 月）

华东编协第一届第二次理事会于1983 年10 月16—19 日在江苏省扬州市召开，扬州师范学院承办了会务工作，该学院领导出席了开幕式并发言。出席会议的理事有37 名，特邀代表有7 名。与会同志学习了中国共产党十二届二中全会公报。理事长宋权做了协会工作报告，表扬了一批积极分子。陈从周教授做了学术报告，会议听取了叶云棠的编辑基础知识学习班情况报告、席庆义的会刊工作汇报、奚尧生的山东分会工作情况介绍。

鉴于编协面临的实际状况，为开好此次理事会和做好今后的工作，会议按以下四个指导思想进行：一是要认清当前政治形势，继续发扬艰苦奋斗的精神；二是要加强团结，反对各种不利团结的倾向；三是要提倡多做贡献，反对伸手要报酬；四是要提倡实干精神，反对空谈、踢皮球。在统一认识的基础上，决定编协今后的工作依然是以开展学术活动为中心，加强各省市分会工作；编协召开的学术年会应邀请造诣较深的学报编辑深入地研究和讨论有关学报的理论问题；学报编辑基础知识学习班应继续开办，可接受华东地区之外的同志参加；各专业学术会议如果有条件可以召开，但必须规划好，由编协统一安排。

理事会通过了常务理事会在无锡会议上增补的三名常务理事；还通过增补柳志慎（江西农业大学）、黎文汕（福建农学院）为常务理事；并通过增补覃大松（华东工程学院）、方正源（南京医学院）、黄洛萍（江西冶金学院）、蒋国华（龙岩师范高等专科学校）、李兰芝（华东石油学院）为理事。一年来会员单位已发展至112家，个人会员198人。

1. 山东省高等学校自然科学学报研究会举行首届年会

1983年12月1—4日，山东省高等学校自然科学学报研究会首届年会于济南召开，30位学报编辑代表出席了会议。教育部科研处、山东省委宣传部报刊处、山东省科协学会部等有关方面的负责同志和山东师范大学、山东工业大学的领导出席了开幕式。会议学习了省委关于清除精神污染的文件，传达了华东编协第二次理事会精神，做了学报研究会工作报告和部署了今后的工作。确定研究会挂靠在山东科学与管理研究会开展工作。

2. 福建分会筹委会召开第二次会议

1983年12月10—11日，福建分会筹委会召开了第二次会议，此次会议是根据华东编协有关精神和福建省教育厅有关领导意见召开的。会议就成立研究会的有关事宜进行了充分协商，定于1984年春在福州召开成立文理两科合一的学报研究会。

3. 医学院校学报编辑加工规范讨论会在沪举行

1984年1月21—24日，华东地区高等医学院校学报规范化小组在上海第一医学院举行《医学院校学报编辑加工规范（草案）》讨论会，除小组五所院校同志参加外（山东医学院寄来书面意见），还有浙江医科大学和南通医学院代表，共8位同志参加了会议。与会同志参阅了国内外有关资料，认真细致，逐字、逐句、逐段推敲分析，草案最后由邹宜昌统稿，提交当年4月西安召开的全国医学院校学报编辑学术交流会征求意见。

4. 福建省高校学报研究会成立

1984年4月17—19日，福建省高校学报研究会成立大会在福州召开，到会代表47名。福建省政协副主席赵复修教授、省委宣传部许怀中副部长、高教厅科研处长李岗在会议上做了重要讲话，省科协领导以及新闻出版界有关负责同志到会祝贺，在榕的高校领导同志出席了开幕式并发言。华东编协宋权理事长发来贺电。该会为文理合一的研究会，其中黎文汕理事长负责自然科学学报的活动。华东编协福建分会推选黎文汕为理事长，郑福寿、蒋国华为副理事长，朱鹏飞为秘书长。

5. 第二届编辑基础知识学习班如期开办

1984年4月，第二届编辑基础知识学习班于上海同济大学开办，教授内容基本同上届。所不同的是适当满足了华东地区以外兄弟院校的要求，学员来自全国13个省市的48所高校，共52名。学习班讲述比较系统，深受学员欢迎。

6. 安徽省高校自然科学学报编辑工作讨论会举行

1984年6月25—27日，华东编协安徽分会与安徽省自然科学期刊编辑协会于合肥市联合召开了编辑工作讨论会，高校学报与自然科学期刊的50余位代表到会。会议听取了当前形势与改革方面的报告和有关的专题报告，组织了编辑业务方面的讲座，交流了编辑工作经验，讨论了在新形势下如何进一步联合起来，发挥自身优势为“四化”做贡献，安徽省科协主席杨承宗教授和华东编协顾问、中国科学技术大学副校长龚升教授到会祝贺。闭幕式上省科协学会部领导到会发言。

（三）第一届第三年（1984年10月—1985年11月）

华东编协第一届第三次理事会于1984年10月16—19日在江西庐山召开，到会理事35人，列席会议4人。会议受到江西省教育厅重视，谢新观厅长远道上山亲临会议讲话，理事们深受鼓舞。江西农业大学、江西医学院和九江师范高等专科学校领导专程上山看望了代表，并承办了会务工作。

宋权理事长做了工作报告，理事会认为上次会议确定“以开展学术活动为中心，加强各省市分会的工作”的方针是正确的。一年来成绩是显著的，福建分会积极筹办福建省高校学报研究会得到了福建省委宣传部和高教厅的支持；江西分会筹委会受到江西省委宣传部和教育厅的重视，已确定江西大学、江西农业大学、江西工学院、江西医学院和江西师范学院五校学报编辑部相当于系、所一级学术机构；各省市分会（或筹）得到有关领导的支持，这是华东编协成立两年来广大会员努力争取的结果；学报编排规范化等工作取得了突出的成绩，医科院校学报编排规范化已经有了良好的开端，理工、师范和农业院校编排规范化亦拟着手进行。

会议认为此次会议的中心议题是学报规范化。决定：继续推行学报编排规范化、标准化，明确医科院校学报规范化小组由邹宜昌、方正源负责，成立理工师学报规范化小组，由杨松浦、江建民负责，成立农业院校学报规范化小组，由柳志慎、朱洪柱、黎文汕负责；在上海举办第三届编辑基础知识学习班；号召会员积极撰写高质量论文，以提高编辑理论与业务水平；继续办好会刊；发挥《审稿协作录》的作用，积极总结经验，适当时候拟扩大到全国；做好1985年换届准备工作。为完成以上任务号召各分会（或筹）积极主动开展活动。

1. 华东编协福建省研究会举行首届年会

1984年11月30日至12月3日，华东编协福建省研究会在闽西重镇龙岩市举行了首届年会，25位代表出席了会议，龙岩市有关领导到会看望了代表并做了讲话。黎文汕理事长主持了会议，收到论文18篇，8位代表在大会发言。

2. 江西高校学报研究会诞生

1984年12月27—29日，江西高校学报研究会在南昌市召开成立大会，到会代表近60人，时任江西省副省长柳斌到会做了重要讲话，省委宣传部张致和副部长、教育厅金立强副厅长发言，省教育学会李忠云副会长（兼秘书长）、江西医学院朱越藩院长到会祝贺，江西大学副校长陈正夫致开幕词。该研究会筹备伊始是由华东编协江西理事们负责的，后按省教育厅意见组成文理合一的筹备组，经过充分准备促成了隆重的成立大会。同时成立了华东编协江西分会，王膺权当选为理事长，刘炳生当选为副理事长，柳志慎当选为秘书长。

3. 第一届第四次常务理事会

1985 年6 月5 日，在安徽省屯溪市召开了华东编协第一届第四次常务理事会，到会常务理事14 人，列席3 人。主要议题是：学习《中共中央关于教育体制改革的决定》；研究规范化问题；总结第一届理事会工作；为第二次代表大会做准备。会议委托宋权理事长起草第一届理事会工作报告，并创造条件逐步推广执行；讨论了第二次代表大会代表名额及产生办法，以及代表资格审查等工作。

4. 上海高校学报（自然科学）对口检查

上海市高教局于1985 年4 月6 日发了沪高教（85）379号文，组织22 家院校学报（自然科学）在自查的基础上进行对口检查，检查组成员为来自上海理事会和高教局分管学报的同志，并于1985 年9 月完成了书面总结。共总结了五个方面的成绩：学报质量有所提高，学报影响有所扩大；在贯彻落实党对知识分子的政策、扶植新生力量等方面发挥了作用；学报数量增加，出版周期缩短，品种增加，规模不断扩大；编辑人员工作责任心和事业心增强，做出了成绩；编辑业务、领导和管理方面有所改进。指出了普遍存在的五个问题：学校的党政领导对学报建设有着程度不同的不够重视的情况；建制问题普遍没有按有关规定处理，影响了学报建设；学报专职编辑人员严重不足，超负荷运转情况十分严重；学报人员有关政策没有得到落实，严重挫伤了这支队伍的积极性；学报工作进展缓慢，与当前形势的要求不相适应，部分学报办得较差。最后提出了如下改进意见：一是要求各校领导，进一步提高认识，自觉加强对学报工作的领导；二是切实按照原教育部文件规定，明确学报编辑部的性质与建制；三是贯彻落实知识分子政策，关心和改善学报人员的生活条件与工作条件；四是努力提高学报质量，开创学报工作的新局面。

5. 江西检查全省高等学校学报工作

1985 年 3 月 21 日，江西省教育厅发文对全省学报工作进行检查，由各高校学报编辑部抽调一定人员组成五个学报检查小组，自 4 月 3 日至 5 月 3 日分别对全省高校学报进行了检查。学报检查组于 1985 年 7 月 1 日完成书面检查汇报，江西省教育厅于 1985 年 7 月 3 日转发《关于检查全省高等学校学报工作的汇报》给各高校。检查表明，几年来，江西省各学报在坚持学报为综合性学术理论刊物的基础上，在坚持提高为主、普及为辅的办报方针上，在贯彻党的“双百”方针和保密条例方面，发展是健康的。各学报自觉坚持“四项基本原则”，遵循“三个面向”，结合各学科实际在江西的“四化”建设中起了积极作用。具体表现在三个方面：①学报为教学和科研服务，既积极地反映教学和科研水平，又推进它们的发展；②发现人才，培养人才，办出特色，为经济建设服务；③积极探索改革，向标准化、规范化迈进。取得这些成绩的主要原因有二，即领导重视和政策落实。对存在问题及今后工作建议提出如下四个方面的意见：①由于学报建制、性质、人员待遇等方面的问题，致使学报队伍不稳；②编辑人员素质普遍亟待提高；③学报编排规范化、标准化的普及推广工作基本上尚待展开；④有关经费、工作用房、工具书、各项设备均存在不同程度的匮乏。省教委转发汇报的文件指出，针对检查组汇报的问题希望各校切实抓好以下几项工作：一是加强对学报工作的领导，促进学报工作的健康发展；二是进一步落实党的知识分子政策，稳定和巩固学报队伍，提高学报人员的素质；三是认真贯彻教育部有关文件精神，抓好学报改革工作。逐步做到标准化、规范化，促进学报更好地为教学、科研服务。

6. 江苏省高校学报研究会成立

1985年7月2日，在江苏省高教局的领导下，江苏省高校学报研究会正式成立，选举产生了理事会和常务理事会，曹振中同志当选为副理事长，文理两科代表对今后工作提出了希望和建议。接着，江苏的自然科学学报于7月15日在南京大学召开了常务理事会，曹振中副理事长主持了会议，研究讨论了三个问题，即组织建设（成立学术组、编辑出版组、秘书组）；明确各组任务，分工负责；制订各组工作计划，落实措施。从此，江苏自然科学学报工作跨入新的里程。

二、第二届（1985 年 11 月—1989 年 11 月）

1985 年 9 月，华东编协的同仁们满怀激情地走完了第一届历程，正为迎接第二次代表大会积极做准备工作时，中共中央提出了“关于制定国民经济和社会发展第七个五年计划的建议”，在科学、教育和文化事业的工作中提出“必须充分认识科技现代化在四个现代化中的决定性作用，进一步贯彻经济建设必须依靠科技进步，科技工作必须面向经济建设的方针，把促进科技进步这个带有全局性的根本任务真正放到战略地位上来”。这一方针极大地鼓舞了华东编协同仁们，并确定其为第二届任期内的指导思想，下决心努力办好各类学报，使其在开发科技资源与信息中发挥重要作用，为“四化”建设做出应有的贡献。

（一）第二届第一年（1985 年 11 月—1986 年 12 月）

深秋季节，西子湖畔迎来了华东编协第二次代表大会。大会之前召开了第四次理事会和第五次常务理事会，商议并通过了主席团名单和代表大会议程。1985 年 11 月 1—5 日，华东地区高等院校自然科学学报编辑协会第二次代表大会胜利召开。到会代表有 129 名，还邀请了华东地区以外的部分省（市）学报界的代表，浙江省科协孙英副书记到会发表了讲话，浙江省有关高校领导到会祝贺，中国自然科学期刊编辑协会（筹）翁永庆主任等有关单位和期刊发来贺电。宋权理事长做了《为提高学报质量而奋斗》的报告，报告回顾了编协成立三年来的历程，阐述了为提高学报质量所做出的种种努力和为之奋斗的一系列工作，肯定了成绩，总结了经验。经过热烈讨论，代表们一致赞同理事长的工作报告。会议听取了奚尧生、杨松浦和柳志慎等同志分别代表医学、理工（包括师范）和农林学报编排规范化小组的专题发言，代表们一致认为，搞好学报规范化对于提高学报质量，贯彻执行"三个面向"的方针，都是十分重要的。会议还听取了叶云棠、王膺权同志分别介绍的在上海市高教局和江西省教育厅领导下组织学报对口检查的情况，以及争取江西省委宣传部和教育厅采取一系列有效措施的经验。会议认为，主动取得各级有关领导部门和社会各界的支持是办好学报的关键。会议审议了财务组的财务工作报告，认为财务组开源节流、勤俭办事，经费主要用于学术活动和会刊方面是正确的。编辑委员会汇报了《学报编辑通讯》的出版情况，共刊出9期，发表各类文章160篇，促进了学报质量的提高。

经过三年发展，现有学报会员单位150家。经过充分酝酿协商，选出了第二届理事会和常务理事会。

华东地区高等院校自然科学学报编辑协会第二届理事会主要成员

理事长：宋权

副理事长：王膺权　叶云棠　奚尧生　黎文汕　曹振中　楼观城

根据上届理事会的决议，编协给光荣离休的原常务理事王履康、台旭、王亚明等同志颁发了荣誉会员证书。

华东编协特别邀请了全国学报界的部分代表莅会指导，研讨全国自然科学学报面临的共同任务。会议期间，华东地区学报界部分代表与来自全国学报界的代表们举行了两次会谈，交流了经验，一致认为有必要在明年适当的时候，举行一次全国性的各省（市）高校学报研究会负责人座谈会，交流经验，研讨改革。

第二届理事会研究了今后工作，决议如下：①加强各省分会的工作，学习当前的有关方针政策，以学术为中心，研讨学报改革，促进两个文明建设；②研究学报编辑中提出的理论和实际问题；③发挥规范化小组的作用，继续推进编排规范化；④把关心会员思想水平和业务水平放到重要位置上，继续办好提高编辑人员的各种学习班；⑤办好会刊；⑥发展组织，加强团结与写作。

1. 浙江分会第二届理事会成立

1985 年 11 月，华东编协第二次代表大会期间浙江分会亦同时改选，第二届理事会选举楼观城任理事长，董川东任副理事长，张荣恋任秘书长。

2. 上海市高等学校学报研究会成立

1986 年3 月28 日，上海市高等学校学报研究会正式成立，29 所高校学报编辑部文理两科近200 名同志参加了会议。华东编协发来了贺电。上海市高教局顾问、市高教学会余立会长到会祝贺并发表了讲话，市高教局学报主管部门和市科技期刊编辑协会等领导同志到会祝贺。会议通过了研究会章程，选举产生了第一届理事会和常务理事会，叶云棠同志当选为理事长。研究会聘请了同济大学陈从周教授和上海财经大学副校长叶孝理副教授为顾问。此次会议是在上海医科大学召开的。

3. 江苏省高教局发文对高校学报进行对口检查

江苏省高教局于1986 年6 月发文，布置对全省高校学报有关质量及办刊基本条件的对口检查。主要内容有：校（院）和有关方面对“双百”方针的贯彻情况；建制和人员配备等是否落实了有关规定；编辑部的思想建设和业务建设；经费、印刷、工具书、办公场所是否得以基本解决；进一步提高质量的打算等。同年9 月，省学报研究会在高教局主持下，开展了学报质量自查。接着分四个组分赴全省各高校学报进行对口检查。10 月在苏州召开学报学术年会，进行了总结。1987 年9 月，江苏省高教局发出《江苏省高校学报对口检查的情况通报及加强学报工作的意见》的文件，巩固和发展了江苏省学报事业。

在此期间，江苏省高校学报研究会自然科学学报于1987年6月11—12日在扬州召开了理事扩大会，对学报质量评估指标体系和评估实施计划进行了研究。会后起草了《江苏省高校自然科学学报质量评估体系及评估标准》。

4. 华东编协邀请全国同行代表出席学报工作座谈会

1986年6月28日至7月1日，根据华东编协章程规定"待全国性学报编辑协会成立时华东编协参加成为其地区性组织"这一精神，又应第二届代表大会期间邀请的全国学报界代表的要求，在安徽省青阳县召开全国部分学报界代表座谈会，到会代表40余人，进行学报和工作交流，探讨成立全国性学报组织的问题，宋权理事长主持了会议。此次会议是事前与北京几所高校进行过协商而确定召开的。恰巧此时国家教委科技司要求尽快反映全国自然科学学报界的具体情况，北京师范大学陈浩元等同志顺应形势，发出紧急通知，于6月25—27日在北戴河开会。当时北京同志以为安徽会议通知尚未发出，因此形成了南（安徽青阳）北（北戴河）两会先后召开的局面。为沟通两会精神，华东编协王膺权副理事长衔命到北戴河开会，并提前离开赶回安徽青阳，两会精神得以沟通。北会结束后陈浩元同志亦赶赴安徽青阳交流了情况。两会均反映了自然科学学报界继续解决的学术与工作问题，为1987年2月底在北京颐和园成立全国高校自然科学学报研究会筹委会奠定了基础，是一个重要的里程碑。

中华人民共和国国家教育委员会

关于印发高等学校自然科学学报研究会成立大会有关文件的通知

(87) 教技司字037号

各有关高等学校、各高等学校自然科学学报编辑部：

高等学校自然科学学报研究会成立大会已于1987年8月5日至9日在大连召开。该研究会的成立，有助于加强各高等学校学报间的横向联系和协作，推动学报改革，提高学报质量，促进学术交流，使学报更好地为社会主义物质文明和精神文明建设服务。现将会议通过的《高等学校自然科学学报研究会章程》、选出的理事会成员和聘请的名誉会长名单印发给你们，请各有关方面对该研究会的工作给予指导和帮助。

大会期间，几位大学校长、教授通过讲话或致贺信，就发展学报事业发表了重要意见。其中，他们特别强调了高校自然科学学报是学术性很强的刊物，办好学报是高等学校工作的一个重要组成部分，广大的学报编辑为保证学报的质量付出了辛勤的劳动，编辑应当受到社会的尊重。现将他们的讲话或贺信一并印发给你们，请各学校加强对学报编辑部的领导，热情支持学报工作，提高编辑人员的素质，关心他们的学习和生活，为他们办好学报提供较好的条件，鼓励他们积极工作，勇于改革，努力办出高水平的高校自然科学学报。

附件：一、钱令希教授的讲话

二、王梓坤教授的贺信

三、刘道玉教授的贺信

四、高等学校自然科学学报研究会章程

五、第一届理事会成员和名誉会长名单

国家教委科技司

1987年10月17日

抄送：新闻出版署期刊局、国家科委、中国科技期刊编辑学会、高等学校科研管理研究会、国务院各有关部委教育司（局）、各省、自治区、直辖市高教（教育）厅（局）

注：此文件公布了常委会名单和学校名称，常委20名，其中教委1名，清华大学2名，清华学报1名，CUJA委员会1名，故清华2名；实际常委只有18所高校，其中17所高校均为部属院校，地方院校1所，就是江西医学院（不是省重点），突显了该院科研水平；此文件向全国高校公布了CUJA课题，为该课题提供了广阔平台；文件公布已30年，CUJA是我国数据时代的开始，见证了国家教委的高瞻远瞩。

5. 华东农业院校学报规范化研讨会在厦门举行

1986年11月4—6日，由江西农业大学学报和福建农学院学报在厦门大学主持召开了华东地区农业院校学报编排规范化标准化工作会议。到会的8所华东农业院校学报的编辑代表，经过深入细致的讨论，博采众长，通过了《华东部分农业高校学报规范化试行方案》，为推进农业院校学报规范化做了奠基工作。

（二）第二届第二、三年（1986年12月—1988年11月）

华东编协第二届第二次理事会于1986年12月9—11日在江苏省南通市召开，到会理事和代表40人，南通医学院承办了会务工作，院长等领导到会祝贺。宋权理事长的工作报告中回顾了1986年在改革中取得的优异成绩，提出了本届理事会有五项提议：①交流各分会一年来工作情况；②巩固和发展编协工作成果；③研究当前的一些实际问题；④探讨研究学报编辑学和有关学术问题；⑤部署1987年工作。宋权理事长要求大家坚持四项基本原则，进一步搞好学报改革，提高学报质量，巩固成果，开拓新局面。接着由江西省王膺权、山东省纪秋明、浙江省楼观城、上海市叶云棠、安徽省黄冰、福建省黎文汕、江苏省曹振中和洪文逵等同志分别介绍了各分会的工作情况；黄华楼同志就青岛会议对医科院校学报规范化标准化提出的修订意见做了汇报；席庆义同志提出办好会刊的设想；上海和江苏还介绍了推动编辑人员职务聘任制的有关工作情况。

最后，会议部署了1987年编协工作，其重点围绕四个方面：第一，进一步搞好学报改革；第二，深入开展学术交流；第三，创造条件办好进修班，努力提高编辑人员的水平；第四，巩固和发展取得的各项成果。为此安排如下工作：①早日完成《医科院校学报规范化标准化实施方案》的修订与鉴定工作，其他方案亦应及时修订、定稿直至鉴定；②有关分会应继续协同省教委做好学报工作检查之后的落实工作；③有条件的分会可组织学报评估；④各分会尽可能组织学报编辑人员撰写论文，编辑出版学报论文选集或汇编，把学报理论研究引向深入；⑤办好会刊；⑥努力办好四个研讨班，即福建分会的电子计算机在学报上的管理和应用班，安徽分会的法定计量单位研讨班，江西分会的学报划版研讨班，上海分会的编辑基础知识学习班。会议决定1987年10月或11月在福州举行华东编协第二届第三次理事（扩大）会。为加强本次会议的学术工作，理事会研究决定福州大学林开涵同志任学术组第一副组长。

（本年度计划执行到暑假前后迎来了编辑系列职称评定工作，各分会、各学报编辑部全力融入此项工作，各省进度不一，年会不能如期举行。经常务理事们商议决定理事会顺延一年，即推迟到1988年10月或11月召开。）

1. 高校学报计算机应用研讨会

根据华东编协计划，由福建分会承办了高校学报计算机应用研讨会，于1987年3月23—26日在福州大学召开，到会代表有37名，该校领导和福建分会黎文汕理事长出席了开幕式并发言。福州大学学报编辑部主讲了电子计算机发展历史、结构与现状；该校电子计算机软件室主讲了激光排版和自行研制的高级编辑系统HCP等成果与应用，并到福建省人民政府参观了该室研制装备的微机办公文件排印系统。代表们深受启发。

2. 华东编协与江苏省编辑学会联合召开农口期刊、学报编辑研讨会

1987年4月26—29日，华东编协与江苏省科学技术期刊编辑学会于南京农业大学联合召开了农口期刊、学报编辑研讨会，出席会议的有华东地区农林高校学报和江苏省农业期刊的编辑共40余名。还邀请了北京、武汉有关科技期刊的代表。江苏省科协副主席、编辑学会理事长舒光冀教授，华东编协曹振中副理事长，南京农业大学等有关领导到会讲话或祝贺。会议中心议题是修改和补充《农林院校学报规范化编排方案》，还听取了照排印刷、微机排版等专题介绍，交流了有关编辑的信息，扩大了视野，提高了办好农口学报和期刊的信心。

3. 江西分会举办全区学报划版研讨班

根据华东编协计划，江西分会承担面向全区的学报划版研讨班，并于1987年7月上旬于江西省庐山脚下的九江市召开，江西医学院、江西农业大学、九江师范高等专科学校承办了会务工作。到会代表54名，华东编协王膺权副理事长、柳志慎秘书长和九江师范高等专科学校领导到会祝贺。研讨班由江西医学院王膺权主讲划版专业知识，该编辑部的编辑们指导划版技术，理论与实践并重，与会人员自带学报现场讨论。此次研讨是学报专门化学术研讨的尝试，受到了广泛重视，上海、浙江、山东等高校有的派两名代表参加，有的邀请了本校印刷厂人员参加。学员们认识到掌握划版技术有利于推进和掌

握微机排版，融编辑与排版为一体。

4. 全国自然科学学报研究会批准华东编协为其地区性组织

1987 年 8 月上旬，全国高校自然科学学报研究会在大连成立。全国高校自然科学学报研究会一经成立即下文批准华东编协为第一个地区性组织，实现了华东编协的夙愿。该研究会共选出 20 名常务理事，华东编协占 4 名，他们是宋权（合肥工业大学）、叶云棠（上海交通大学）、曹振中（南京大学）和王膺权（江西医学院）。宋权同志还当选为全国研究会副理事长。

5. 学报编排规范化标准化四年上四个台阶

华东编协在学术工作中紧紧抓住学报编排规范化标准化这项事业锲而不舍，在 1983—1987 四届学会年度中上了四个台阶。

第一个台阶为起步阶段。1983 年 3 月在苏州召开的医学院校学报经验交流会上提出了学报编排规范化标准化的任务，成立了华东地区高等医学院校规范化小组。1984 年 1 月在上海召开了《医学院校学报编辑加工规范（草案）》讨论会。医学院校学报在华东高校学报中起了先锋作用。

第二个台阶为发展阶段。1984 年 10 月，华东编协在庐山召开了第一届第三次理事会，以学报规范化为中心议题，继医科院校规范化小组之后，又成立了理工师和农业院校两个规范化小组。同时华东编协主办的《学报编辑通讯》（总 6 期）发表了《医学院校学报编辑加工规范（草案）》。这一年在厦门大学召开了农业学报规范化方案讨论会。1985 年5 月，在福州大学召开了理工师学报规范化方案讨论会。1985 年6 月，在安徽屯溪召开的常务理事会上专门听取了三个规范化小组的工作汇报；同年8 月，《学报编辑通讯》（总9 期）发表了《华东部分农业高校学报规范化试行方案》。至此三个规范化小组的工作全面运转起来。

第三个台阶为全面贯彻阶段。1985 年11 月，华东编协在杭州召开了第二次代表大会，全体代表听取了三个规范化小组的工作报告。大会决议进一步发挥规范化小组的作用，继续推行编排规范化工作。同年12 月《学报编辑通讯》（总10 期）发表了《华东高校理工师类学报编排规范（试行草案）》。至此三个编排规范化方案全部面世，编协所属学报形成了全面贯彻规范化的局面。医科院校学报编排规范化继续走在前面，继而该方案在1986 年5 月为新成立的全国医药院校学报编辑学会所采纳。

第四个台阶为深化提高阶段。1986 年12 月，华东编协在江苏南通召开了第二届第二次理事会，学报编排规范化是会议着重研究的问题之一。决议要求“早日完成医科院校学报规范化标准化事实方案的修订与鉴定工作，其他方案亦应及时修订、定稿直至鉴定”。几年来《学报编辑通讯》上陆续发表了一批学报规范化标准化的论文，展示了规范化工作在深化和提高。南通会后，三个规范化小组立即加紧工作，在华东各学报编排规范化标准化工作中掀起了一次新的高潮。

1987 年全国自然科学学报研究会诞生了，学报编排规范化标准化工作犹如一支接力棒传出了华东地区。

6. 江苏分会承办全国学报编排规范化研讨会

1987 年 12 月，全国高校自然科学学报研究会学术委员会在无锡召开学报编排规范化研讨会，江苏分会承担了会务工作，有关同志向会议介绍了华东编协推行学报规范化的情况。

7. 华东编协常务理事会在南昌召开

1988 年 3 月 13—16 日，华东编协第二届第三次常务理事会在南昌市江西医学院召开，到会常务理事 11 人，列席代表 1 人，宋权理事长主持了常务会议。江西医学院和江西农业大学承办了会务工作。会议检查了 1987 年的工作，认为很有成绩；分析了学报当前面临的形势与任务，要求各分会加紧推动学报规范化与标准化，积极参加和支持全国性活动；重点研究了 1988 年 11 月将在福州召开年会的准备工作；建议将换届代表大会推迟至 1989 年举行。

8. CUJA 事业在华东地区蓬勃发展

上海、浙江、福建、江西等分会相继建立了 CUJA 联络组，积极开展工作，推行使用 CUJA—MIES 软件录制文摘。上海纺织大学承办出版了《CUJA 通讯》，CUJA 委员会祝伟权副主任担任主编，获得好评。

无锡轻工业学院受 CUJA 委员会委托，于 1988 年 5 月 5—12 日承办了 MIES 培训班，到会学员 23 名，该院学报编辑部承担了授课及会务工作。CUJA 委员会王膺权副主任受万锦坤主任委托，参加了开学典礼并发言，该校有关领导到会祝贺。

江西分会于1988 年9 月15—17 日在江西大学举办了CUJA 研讨会，到会的有25 所高校的28 位代表，江西大学承担了会务工作。CUJA 委员会王膺权副主任就 CUJA 发展做了介绍并详细讲述了工作单制作。南方冶金学院李瑞珍同志和江西农业大学翁贞林同志做了标引等经验介绍。代表们讨论气氛热烈，纷纷提出探询，不少学报拟今后积极创造条件争取早日加入 CUJA 系统。

9. 安徽分会在黄山承办全国学报主编学术研讨会

受全国自然科学学报研究会委托，安徽分会于1988 年5 月上旬至中旬在黄山承办了前后两期会务工作，共到会代表230余人。这是在华东编协范围内举行的规模最大的会议，接待任务很重，安徽分会全力以赴，圆满完成了任务。

10. 江西省开展学报评估工作

1988 年5 月，江西省教委下文委托江西高校学报研究会对全省学报（文理）进行了一次评估。成立了评估指导小组，由省教委刘洪祥（高教二处副处长）为首组成9 人的评估小组。分自评与抽评两个阶段，江西农业大学柳志慎副编审（研究会副会长）等负责抽评了自然科学学报。评估内容为编辑部（室）建设、编排规范化标准化、审稿、校对、特色五个方面。评估于6 月底结束，未排名次，此次评估为参加全国自然科学学报评奖活动打下了基础。

11. 上海市高教局发文对高校学报编辑质量进行评估

1988年10月，上海市高教局发文开展高校学报（自然科学版）编辑质量评估，由高教局教育处2人和研究会3人组成领导小组。凡持有报刊登记证或准印证的高校学报均可参评，评估内容为政治、学术、编辑、校印等方面，并列有详细评分表。此项计划周密，安排具体，跨年度执行，与全国评比衔接，把上海市各自然科学学报水平推向了新的高度。

[附记：上海市高等学校学报研究会（自然科学）承办的编辑基础知识学习班如期完成，于1987、1988年先后举办两期，共三个班，分别在同济大学和上海师范大学举行。]

12. 福建分会举行换届选举

1988年11月8—9日，华东编协福建分会进行了换届改选，组成了第二届理事会。黎文汕连任理事长，郑铁平任副理事长，常务理事会办公地点仍设在福建农学院学报编辑部。

（三）第二届第四年（1988年11月—1989年11月）

1988年11月4—9日，华东编协第二届第三次理事扩大会暨学术研讨会在福建农学院召开，出席会议代表共75名，宋权理事长因病请假，常务理事会共同主持了会议。福建农学院、厦门大学、华侨大学等承办了会务工作。

编协黎文汕副理事长主持了开幕式，福建省教委叶品樵副主任出席会议并做了重要讲话，福建农学院陈紫明书记、

陈启锋副院长到会祝贺并发言，福建省教委科研处、福建日报社、福建省出版总社、福建省科学社会部等领导出席了会议。王膺权副理事长致开幕词，着重回顾了两年来在开展学术研讨、学报评估、实行编排规范化标准化、微机管理、编辑业务培训、“双优”评比、参与职称评比、CUJA 工作等方面情况，由于在编协统一部署下各分会加强了自身活动，成绩显著。会议还听取了楼观城副理事长代表常务理事会提出的“关于修改编协章程的说明”，审议了章程草案，将提交明年换届代表大会通过。此次会议是在国务院做出治理经济环境、整顿经济秩序、全面深化改革的重大决策下召开的，鼓舞了全体代表，会议开得非常务实，取得了如下成绩：

首先，确定 1989 年 11 月中上旬在南京举行华东编协第三次代表大会，由江苏分会承担，理事名额不增不减，应有三分之一以上理事为新当选的。先由各分会协商产生理事候选人。

其次，本年度计划提出六项工作任务：①做好充分准备，迎接全国高校自然科学学报评比活动；②积极撰稿参加全国学报编辑学（或科技期刊编辑学）的研究；③继续开办培训班和举办研讨会；④继续开展科技开发性工作；⑤改善编辑手段和管理手段，逐步实现现代化；⑥编协所属各组应履行职责，充分做好明年召开会员代表大会的筹备工作。

最后，柳志慎秘书长代表编协做总结性发言，指出在新形势下编协工作重心由学报工作研究转向学术研究，勉励会员以此为中心做好已部署的各项工作。

1. 华东编协各分会积极参加全国学报优秀编辑质量奖评比活动

按照1988年福州召开的编协第二届第三次理事扩大会议的布置，1989年1—9月，编协各分会根据全国高校自然科学学报研究会“高报字（1989）001号”文件精神，积极参加全国学报优秀编辑质量评比活动。各分会充分发动各学报严格实行规范要求，均得到各省市教委的领导与支持，组成了评委会，按条件进行了严格认真的评比。结果华东编协57家学报获奖，占全国授奖187家学报的30%。其中获一等奖的有11家学报，以上海、江苏居多。

2. 浙江分会换届选举在湖州举行

1989年11月7—11日，浙江省高校学报研究会举行学术年会期间，华东编协浙江分会进行了换届选举产生了第三届理事会，协商推举宗贤钧任理事长，唐桂礼任副理事长，高秋松任秘书长。

三、第三届（1989年11月—1992年10月）

华东编协一贯强调坚持四项基本原则，遵循各项方针政策开展工作，按章程办事，四年来为第七个五年计划做出了自己的贡献；同时坚定反对资产阶级自由化，在1989年春夏之交的动荡中，华东编协立场坚定、旗帜鲜明，团结协会全体会员在工作中以实际行动捍卫了社会主义方向。在即将进入第三届的历程中时，华东编协更加清醒地认识到这一点，将其作为长期的指导思想坚持下去。

（一）第三届第一年（1989年11月—1990年8月）

1. 华东编协第三次会员代表大会在南京召开

经过充分酝酿准备，华东编协第三次会员代表大会于1989年11月22—25日在南京河海大学召开，到会代表124名，河海大学、南京师范大学、中国药科大学、扬州师范学院等兄弟院校承办了会务工作。江苏省科协主席、南京大学副校长孙钟秀教授，河海大学校长梁瑞驹教授出席开幕式并发言，出席开幕式的还有河海大学领导，江苏省教委、科委、有关部门的领导。上海市高教局和江西省教委高教二处等部门发来贺电表示祝贺。中国科技期刊编辑协会翁永庆理事长，中国高校自然科学学报研究会陈浩元理事长，国家教委科技司发展战略处王同琴处长也远道而来参加了闭幕式，并表示热烈祝贺。

会议由大会主席团宋权主席主持，柳志慎秘书长致开幕词。会议以学习贯彻十三届四中、五中全会精神，进一步深化学报改革，以促进学报事业的繁荣和发展为根本任务。大会听取了宋权同志代表上届理事会做的《总结过去　开拓未来》的工作报告；审议并原则通过了楼观城同志《华东地区高等院校自然科学学报编辑协会章程修改意见》的报告等；审议了方正源同志做的财务工作报告。代表们认为这些报告实事求是，表示赞同。大会本着改革的精神，经有关单位推荐、审核，并在各省、市分会充分酝酿的基础上，通过民主协商，采取简化手续的办法，选举产生了由63 人组成的华东编协第三届理事会和16 人组成的常务理事会。为保持编协工作的连续性，第一次常务理事会决定邀请宋权、叶云棠

两位同志（全国学报研究会副理事长和常务理事）列席本届常务理事会。

华东地区高等院校自然科学学报编辑协会第三届理事会主要成员

理事长：曹振中

副理事长：王膺权　楼观城　黎文汕

会议还进行了工作经验和学术交流。中国高校自然科学学报研究会陈浩元理事长介绍了学报编排优秀奖评比情况；学术委员会任定华主任对当前编辑学研究进行了综述发言；CUJA 委员会万锦坤主任对 CUJA 工作做了指导性讲话。

1989 年 11 月，华东编协第三届第一次理事会成员合影

新当选理事长曹振中同志做了《继往开来，更上一层楼》的总结发言，提出今后六项工作任务：①深入开展编辑理论探讨和学术交流；②举办培训班，努力做到有计划、有重点、分层次办班；③贯彻全国学报研究会的部署，搞好优秀论著及优秀编辑的评奖工作；④继续办好会讯和论文集；⑤关心、维护会员的利益，积极向各主管领导部门反映问题和要求；⑥注意发现与培养编协和研究会的积极分子及骨干。大会对光荣退休的上届理事和未进本届理事会的上届常务理事颁发了荣誉证书。大会气氛热烈、活跃，总结过去，思考未来，充满了民主团结精神。

2. 期刊微机排版第一期学习班在扬州开办

按华东编协计划，江苏省高校学报研究会委托江苏农业学院学报，于1989年12月14—23日在古城扬州开办了期刊微机排版第一期学习班。到会的有11所高校的17位学员。学习内容有科印软件，五笔字型输入法，计算机硬件功能，编辑部微机排版、应用、管理等。每人上机操作时间在5小时以上，结业前两天达8小时以上。结业前对学员逐一考核，学员反映理论与实践双丰收。王义华副编审主持了学习班并亲自主讲了部分课程。

翌年3月再举行一次同样的学习班，17所高校的17名学员到会。由于总结了上次办班的经验，这次办得更为成功，学员收获更大。

3. 上海市高校学报研究会换届

1990年4月19日，上海市高校学报研究会于上海交通大学举行换届和为获优秀编辑质量奖的学报颁奖，上海市高教局伍贻康副局长到会发言。文理两科的45家学报的85名代表到会。会前多次酝酿，经过推荐、民主协商分设了文理两科理事会。理科由叶云棠任理事长（上海交通大学），汪元章任副理事长（上海工业大学），姜富明任秘书长（同济大学）。

4. 江西分会举行学报编排规范化研讨会并换届

1990年4月24—26日，江西分会在江西医学院举行学报编排规范化研讨会，到会代表19名。王膺权理事长对参考文献做了专题发言；柳志慎副理事长就全国学报编排规范化评比技术标准对照本省学报存在问题做了分析发言；刘炳生副理事长全面介绍了微机排版。经过反复酝酿组建成江西分会第二届理事会，王膺权任理事长，柳志慎、刘炳生任副理事长，姚学俊任秘书长。

5.《学报编辑论丛》审稿会在南京召开

根据第三届第一次理事会会议精神，为即将在8月下旬在青岛召开的第二次理事会暨学术讨论会提供一本应时出版的论文集，编协学术组于1990年5月29—31日在中国药科大学召开了审稿会。参加的审稿人员为方正源、刘安国、刘忠英、郑福寿、洪文奎、柳志慎、姜富明、黎文汕、戴立春。收到论文81篇，经分会初审，审稿会交叉复审，然后再会上逐篇介绍、讨论决定，分为全文发表、摘要发表、刊登题录三种类型。全文发表数：江苏7篇，上海5篇，江西5篇，福建6篇，浙江4篇，安徽3篇，山东5篇。会议推荐柳志慎为主编，郑福寿为副主编，中国药科大学学报编辑部承担微机排版。会后联系河海大学出版社出版，定于青岛年会正式发行。

（二）第三届第二年（1990年8月—1991年10月）

1. 编协第三届第二次理事会暨学术讨论会在青岛召开

1990年8月21—25日，在青岛海洋大学召开了华东编协第三届第二次理事会暨学术讨论会，出席会议的理事有41名，代表有34名，曹振中理事长主持了会议，柳志慎秘书长致开幕词，青岛市科协柯德钟主席，青岛海洋大学、青岛医学院、青岛化工学院的领导出席开幕式做了讲话或祝贺，山东工业大学学报孙秋生主任受山东省教委的委托专程前来祝贺。编协创始人之一台旭同志在会上做了热情洋溢的发言。在会上发行了《学报编辑论丛》一书，这是编协有史以来第一本公开出版的论文集。会议以所载学术论文为主进行了交流发言，论文集和所交流的内容受到了一致好评，是历届学术交流会中较有特色的一次。理事会讨论了组织工作，增补了江西师范大学聂咏国、华东地质学院全仁和、安徽大学李镜平、安徽中医学院马宗华、龙岩师范高等专科学校杜国仁五位同志为本届理事，并研究了今后工作。曹振中理事长代表理事会部署了今后一年的工作：①积极筹备1991年学术年会，由浙江分会承办；②继续出版《学报编辑论丛》；③编写“华东编协八年纪事”；④委托中国药科大学举办排版绘图技术传授班；⑤继续办好会讯，努力办出特色。

2. 华东编协成员积极参加全国双优评比工作

中国高校自然科学学报研究会发文要求开展优秀编辑工作者和优秀编辑学论著的评比工作。华东编协和各省市研究会积极开展了此项工作，并得到了省市教育部门的支持，上海、江苏、江西等省市教委转发了有关评比的文件，有的直接领导了评比工作，严格把关，评出了质量和水平。华东六省一市获优秀论著一等奖11篇（江苏3篇，福建3篇，上海2篇，浙江1篇，安徽1篇，江西1篇），二等奖29篇。优秀编辑工作者65名（上海13名，江苏15名，浙江6名，安徽7名，福建5名，江西7名，山东12名）。此次评奖在新闻出版总署、国家教委科技司、条件装备司和国家科委科技情报司的领导及支持下，全国“双优”评比成绩显著，华东的学报同仁们做出了应有的贡献。

3. 科技期刊插图绘制技术培训班在南京开办

1991年4月5—15日，中国药科大学学报编辑部受华东编协委托开办了科技期刊插图绘制技术培训班。来自全国17个省、市、自治区46所高校及有关单位的编辑70人参加了学习。培训班主要讲授的内容有：科技期刊插图的绘制技术（其中包括绘图基本知识、工具的选择和修磨、纸张的选择和处理、版面总成和整理）；插图的编辑和加工。还对编辑部自办微机排版进行了研讨。此次培训有助于提高学报插图质量。

4. 在桂林召开《学报编辑论丛（第二辑）》审稿会

根据青岛会议决定，编协1991年年会之前继续公开出版《学报编辑论丛（第二辑）》进行交流。为节省参加审稿者的经费开支，原定在上海同济大学召开的审稿会（华东地区内），改为于全国理事会暨学术研讨会召开期间在桂林冶金地质学院召开。会议于5月12—14日召开，参加审稿人员有理事长曹振中，副理事长王膺权、楼观城、黎文汕，秘书长柳志慎，学术组组长郑福寿、副组长方正源，出版组组长席庆义，以及伍烈尧、宗贤钧、陆艾五、董成英等同志。会议由郑

《学报编辑论丛（第二辑）》审稿会成员合影

福寿同志主持，共收到稿件76篇，经过反复认真的审阅评议和夜以继日的紧张工作，决定收录32篇。其中，上海6篇，江苏9篇，浙江3篇，江西5篇，安徽1篇，山东5篇，福建3篇。另有12篇以短文发表。经编委分工，郑福寿任主编，柳志慎任副主编，戴立春、包桂林任责任编辑。由中国药科大学进行微机排版，拟交付河海大学出版社出版，宁波年会正式发行。

审稿结束后，曹振中理事长召集了与会的9位常务理事，并邀请中国高校自然科学学报研究会陈浩元理事长、宋权副理事长（华东编协第一、二届理事长）参加讨论了《华东编协八年纪事》的初稿。在肯定初稿的基础上大家提出了许多很好的建议和意见，继续由王膺权同志执笔进行修改，约定在宁波年会上争取定稿，1992年换届前出一个小册子，并邀请一些老同志撰写短篇回忆录。

5. 简讯

全国高校自然科学学报研究会于1991年9月在兰州换届，经协商，华东编协推荐的5名常务理事均当选，他们是曹振中（南京大学）、叶云棠（上海交通大学）、柳志慎（江西农业大学）、金萍（安徽师范大学）、沈玲（上海医科大学），曹振中还当选为副理事长。华东地区内还有奚尧生（山东医科大学）当选为常务理事。

6. 华东编协第三届第三次理事会暨学术年会在宁波召开

1991年11月2—5日，华东编协第三届第三次理事会暨学术年会在浙江省宁波市宁波大学胜利召开。88名理事和代表出席了会议，还特邀了华东编协的老同志宋权、叶云棠、马文瑜、王亚明、邱兆璋莅会，新老同志欢聚一堂畅谈了编协欣欣向荣的事业。柳志慎秘书长致开幕词，宁波大学校长朱自强教授、宁波师范学院副院长朱作宾副教授、宁波高专副校长邱锡涛高级工程师等出席了开幕式并发言。宋权主编、马文瑜主任在会上发了言。宁波大学学报编辑部、常务理事楼观城和唐桂礼为承办会议做了大量工作。

会议收到论文90篇，围绕着《学报编辑论丛（第二辑）》所载内容进行了学术交流，体现了旺盛的学术热情与对编辑学的探求精神。《学报编辑论丛（第二辑）》能在短短数月内如期出版体现了编协的凝聚力。

会议还回顾了过去一年的工作，同意理事长总结提出的已完成的六项工作，即：完成了各分会“双优”评选工作，出版了《学报编辑论丛（第二辑）》；完成了《华东编协九年纪事》第二稿；举办了科技期刊插图绘制技术培训班；出版了3期会讯；筹备了学术年会。

经理事会讨论，确定了今后一年的工作：

（1）拟定于1992年10月在江西井冈山召开华东编协第四次代表大会。由江西分会负责筹备，副理事长王膺权、柳志慎会同秘书组做出安排。常务理事刘忠英负责组织工作，各分会在现有理事名额数不变的情况下推选出下届理事候选人。

（2）换届选举同时举行学术讨论会，学术组在总结经验的基础上搞好《学报编辑论丛（第三辑）》的编辑出版工作。

（3）理事和代表对《华东编协九年纪事》第二稿进行了讨论和交谈，在充分肯定的基础上提出一些很好的修订意见。将“纪事”正式命名为“十年回顾——华东编协发展历程”，1992 年 9 月底以前以纪念册形式正式出版。编辑出版由王膺权、柳志慎、席庆义、黎文汕、郑福寿等同志负责。

曹振中理事长做总结发言，他希望大家共同努力，认真贯彻全国高校自然科学学报研究会提出的“巩固、扩大、深化、提高”的工作方针，继续发扬编协提倡的“开拓、创新、团结、奉献”的精神，在完成今后一年的工作任务中取得新成绩，迎接华东编协第四次代表大会的召开。

7. 在上海召开常务理事扩大会暨《学报编辑论丛（第三辑）》审稿会

1992 年 5 月 27—28 日，华东编协在上海同济大学召开第三届第四次常务理事会扩大会暨《学报编辑论丛（第三辑）》审稿会。出席会议的有曹振中、王膺权、楼观城、黎文汕、柳志慎、戴立春、郑福寿、刘忠英、曹柏荣、姜富明、伍烈尧、唐桂礼、席庆义、黄冰、陆艾五、李济生、李淑兰等。上海高校自然科学学报研究会和同济大学科研处、学报编辑部承办了会议，给予了热情接待和大力支持。

《学报编辑论丛（第三辑）》审稿会成员合影

常务理事扩大会研究了如下工作：

（1）研究了《十年回顾》第三稿，并提出了某些补充与修改意见。决定修改后的《十年回顾》作为定稿收入《学报编辑论丛（第三辑）》，正式出版。

（2）对第四次会员代表大会前的组织工作进行了讨论和研究。审查了各分会上报的第四届理事候选人资格；对本协会全体会员单位进行了审核；对会章的部分内容提出修改意见。责成会议组织组在代表大会召开前做好有关工作。

（3）听取了江西分会筹备第四次会员代表大会的工作汇报，落实了会议地点，研究了与会人数与议程。决定华东编协第四次会员代表大会将于1992年10月8—14日在江西省井冈山市召开。责成江西分会做好一切准备工作。

1992年10月，华东编协第四次会员代表大会在井冈山召开

（4）会议还讨论了全国高校自然科学学报研究会部署的有关工作，如酝酿成立与青年工作委员会相应的华东编协青年工作组等。

《学报编辑论丛（第三辑）》审稿工作简述如下：

（1）共收到论文69篇（其中，浙江6篇，江苏14篇，上海14篇，福建9篇，安徽12篇，山东8篇，江西6篇），录用42篇。编委分工由学术组长郑福寿任主编，柳志慎、曹柏荣任副主编，邀请曹振中理事长撰写前言，邀戴立春、包桂林担任责任编辑，仍由河海大学出版社出版。

（2）《十年回顾》收入《学报编辑论丛（第三辑）》，将《论丛》办成华东编协成立十周年纪念专集，加标专集名。

《论丛》内容为两部分，前部分为论文，后部分为《十年回顾》，编排上有所区别。

华东编协第三届常务理事会认为连续出版《学报编辑论丛》是本届理事会的一项开拓性工作，对编协成员鼓舞很大；在此也对支持出版《论丛》的河海大学出版社和给予积极支持的河海大学学报编辑部致以深切的谢意。

8. 十年尾语

十年只是历史的瞬间，华东编协的十年虽说是闪烁着的一点火花，但毕竟促进了全国自然科学学报事业的发展。回顾过去，不乏启示：

（1）紧紧把握学会活动方向，努力建设好编协领导班子。编协是根据全国科协章程组建的，成立伊始即强调按四项基本原则办事，在常委会内部充分发扬民主，坚持集体领导，不同观点和意见均经热烈讨论甚至争论而求得统一思想，至少以多数意见为统一，所形成的决议不允许背离编协宗旨，然后付诸实践。譬如，在编协名称究竟是“协会”还是“学会”的争论上，在常务会内部分工上，不同意见均按民主集中制的方式予以妥善解决。同时提倡奉献精神，坚持为会员办实事。十年的历史证明，编协常委会始终是一个紧紧把握方向、讲求实效的班子。

华东编协成立30周年留影。从左至右分别为：曹振中、宋权、陈浩元（中国高校自然科学学报研究会理事长）、王膺权、马文瑜、席庆义

（2）学术活动是中心，又需注意编协特征。编协是群众性学术团体，必须抓好学术活动，学报学术工作又必须以提高学报质量为宗旨，只有鼓动全体成员致力于学术活动，学术成果才能百花齐放，编协才有活力，这是一条主线；另一方面，封闭式办刊的状态已被打破，由于各编辑部的建制、编制、性质、人员素质等千差万别，亟待解决的问题很多，因而，编协必须拿出相当大的精力来解决工作问题。根据编协的现实，第一届侧重点在强调各分会积极开展工作、争取落实挂靠单位，加强互相交流以促进各项政策的落实，组织编辑人员

基础业务知识培训与提高，辅以学术活动；至第二届则学术工作上升至主导地位，同时也不放松工作研究，后者已成为编协工作的特征（有别于技术专业学会）。坚持至今，可以说卓有成效。

（3）抓住各分会典型经验，因势利导，促进其他分会的发展。榜样的力量是无穷的，尤其是官方出面组织活动，其影响力很大。例如，江西高校学报研究会成立时江西省教委发文，时任副省长、宣传部副部长等亲临讲话的事例就推动了江苏省教委出面成立该省学报研究会的工作；又如，江西和上海均由省（市）教委发文检查学报工作同样推动了其他省市对学报工作进行检查。

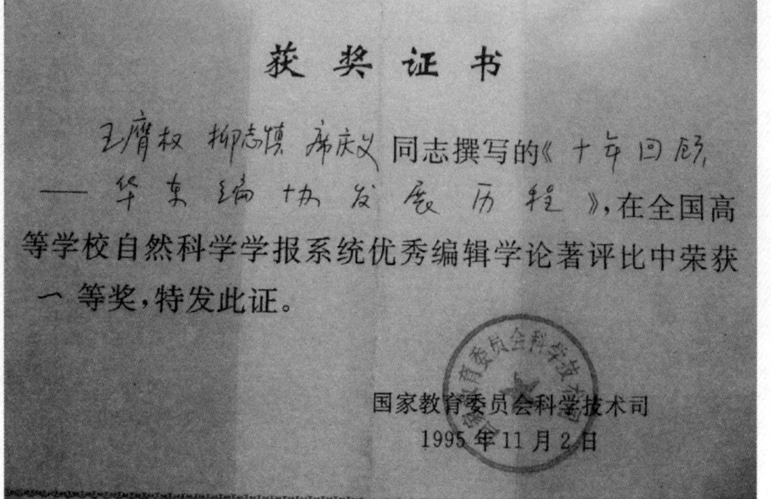

获奖证书

王膺权 柳志慎 席庆义 同志撰写的《十年回顾——华东编协发展历程》，在全国高等学校自然科学学报系统优秀编辑学论著评比中荣获一等奖，特发此证。

国家教育委员会科学技术司

1995年11月2日

（4）组织发展工作脚踏实地。华东编协横跨华东六省一市，现实是大区无行政单位可挂靠。为此，编协成立时进行了认真讨论，严肃地在章程中第十四条和第十五条说明此事，即“要求各省、市尽快建立相应的分会”和“待全国性学报编辑协会成立时华东编协参加成为其地区性组织”。结果前者在三年内完成，后者在五年内实现。组织工作是根本保证，华东编协的顺利发展与组织工作的正确决策相关。